# 源氏物語と漢詩の世界

『白氏文集』を中心に

日向一雅 編

青簡舎

# はじめに

千年の長いあいだ読みつがれてきた源氏物語を正しく理解するためには、さまざまな手立てや観点が必要である。中世の読者は源氏物語の表現には漢籍や仏典の典拠や出典、和歌の引用、歴史的な准拠があると気づいて、それを確認しつつ読んだ。今日でもそれは変わらない。文学史はいうまでもなく、平安時代の歴史や中国文学の影響、仏教や神道、陰陽道などの宗教との関わりを抜きにして、源氏物語を正確に理解することはできない。

本書は漢詩、特に『白氏文集』を源氏物語がどのように受容したのかという問題を中心に検討し考察したものである。『白氏文集』は平安貴族のもっとも愛読した、唐代の代表的な詩人である白居易（七七二〜八四六）の詩集であるが、源氏物語はその『白氏文集』を自家薬籠中のものとして物語に取り込み生かしていたと見てよい。紫式部が読んだ『白氏文集』はどのような本文であったのか、『白氏文集』の諸作品が物語の筋書きや表現や主題形成にどのように参与していたのか、その検討を通して源氏物語の達成について考察したものである。

そうした本書の基になったものは、文部科学省学術フロンティア推進事業として明治大学古代学研究所の取り組む、考古学・歴史学・文学を総合する古代学研究の一環として行ったシンポジウム、「源氏物語における菅家と白氏」（二〇〇六年一二月）である。源氏物語と菅原道真詩や『白氏文集』との関わりについては、近年目覚ましい研究成果が蓄積されてきた。その成果を確認しつつ、新しい地平を見定めていきたいというのがシンポジウムの意図であった。本書はそのシンポジウムの報告者に寄稿を仰いだものである。源氏物語と『白氏文集』との関わりが中心になったが、道真詩の論を含めて新しい提言をなしえていると思う。玉稿をお寄せいただいた各位に心から感謝申し上げる。

本書を通して源氏物語の世界が東アジアの同時代の文学と呼応しつついかに独自の文学世界を切り開いたか、その奥行きや新しい読みの方向性を受け止めていただければ幸いである。

日向一雅識

目次

# 源氏物語と漢詩の世界

## 『白氏文集』を中心に

# 源氏物語における〈愛〉と白氏文集

藤原克己

## 一　『源氏物語』と白氏諷諭詩

『源氏物語』における『白氏文集』の引用の問題を考えるとき、白居易の諷諭詩の引用の特異さということに、やはりまず注目しておくべきなのではないかと思う。

『白氏文集』（以下、『文集』と略記する）は、白居易自身が数次の段階を経て編んだもので、もと「前集」五十巻・「後集」二十巻・「続後集」五巻の計七十五巻から成っていた（ただし「続後集」五巻は早くに散逸し、現存の『白氏文集』はその拾遺詩篇一巻を付した七十一巻本である）。うち「前集」五十巻は、前半二十巻に詩を、後半三十巻に散文を収めるのであるが、その前半の詩編は、「諷諭《ふうゆ》」（巻一～巻四）、「閑適」（巻五～巻八）、「感傷」（巻九～巻十二）、「律詩」（巻十三～巻二十）に分類排列されている。

この「諷諭」「閑適」「感傷」の部類名は、白居易自身の命名によるものであった。よく知られるように、元和十年（八一五）、それは白居易四十四歳の年であったが、江州の司馬（州の副知事に相当する閑職）に左遷された彼は、親友の元稹《げんしん》に宛てた書簡「元九に与うる書」（『文集』巻二十八・1486）において、詩はただいたずらに風月花鳥を弄ぶだけのものであってはならない、『毛詩』（『詩経』の旧称）の詩がそうであったように、民衆の悲喜哀楽を歌って、為政者に政治の得失を諷諭《さと》らしめることこそが詩の第一義なのだと主張し、また「窮すれば則ち其の身を独り善くし、達すれば則ち天下を兼ね済《すく》う」という古人の言葉にもあるように、「大丈夫」（一人前の男子）たる者は、世に容れられないときは時勢に迎合せず独り高潔に生き（独善）、己の能力を発揮できる道が開けたときには、広く天下を救済する（兼済）ことに努めなければならないのであって、自分の諷諭詩は兼済の志を、閑適詩は独善の志を歌ったものだ、と述べている（「窮すれば……」は『孟子』尽心篇の言葉。ただし『孟子』の原文では「兼済」ではなく「兼善」となっているが、すでに後漢・応劭《おうしょう》の『風俗通義』に「兼済」のかたちで引かれ、李白なども「兼済」として引用している）。

　このような思想にもとづいて、白居易は諷諭詩を己の詩作のなかで最も重要なものとし、『文集』の最初の四巻をこれに充てたわけであるが、巻一・二には五言古詩体で書かれた諷諭詩を、巻三・四には七言古詩体の「新楽府《しんがふ》」五十篇の連作を収めている。このうち「新楽府」のほうは、平安朝貴族たちの間でも単独で流行し、尊重された。『紫式部日記』の、「宮の、御前にて文集のところどころ読ませたまひなどして、さるさまのこと知ろしめさまほしげにおぼいたりしかば、いとしのびて、人のさぶらはぬもののひまひまに、おととしの夏ごろより、楽府という書二巻をぞ、しどけなながら、教へたてきこえさせてはべる、隠しはべり。宮もしのびさせたまひしかど、殿もうちもけしきを知らせたまひて、御書《ふみ》どもをめでたう書かせたまひてぞ、殿はたてまつらせたまふ」――中宮（藤原彰子）が、御前で私に『白氏文集』の所々を読ませたりなさいまして、そのようなことをもっとよくお知りになりたいようなご様子でしたので、ごく内密に、女房たちがおそばにいないような合間合間に、一昨年の夏ごろから、「新楽府」二巻を、浅学ながら、お教え申しておりましたけれど、人には隠しておりました。中宮も、秘していらしたのですけれど、殿（藤原道長）も帝も察知なさいまして、殿は「新楽府」のみごとな清書本を作らせなさって、中宮に献上されたのでした――という一節なども、当時の「新楽府」流行のさまをよく伝えている。

しかしながら、実際に王朝貴族たちに愛誦されていたのは、そのなかでも抒情的な佳句ばかりであったのに対し、『源氏物語』では、たとえば当時「新楽府」のなかで最も愛誦された佳句の一つである「上陽白髪人《じょうようはくはつじん》」（巻三・0131）の中の「蕭々たる暗雨窓を打つ声」という句を引用するさいには、「めづらしからぬ古言《ふること》」（幻巻）などとことわる一方で、一種の反戦詩であり、同時代にほかに引用された形跡をみない「伝戎人《でんじゅうじん》」（同・0144）のようなものを玉鬘巻で引用するなど、「新楽府」の引用に関しても、この物語独自のありかたが認められる。しかも、五言古詩で抒情的佳句にも乏しく、内容も硬質で、一般には敬遠されていたとおぼしい『文集』巻一・二の諷諭詩からも、巻一の「凶宅」(0004)や、巻二の連作「秦中吟」から「議婚」(0075)「重賦」(0076)「傷宅」(0077)「不致仕」(0079)などが引用されていることは、同時代の白詩受容の一般的な傾向に照らして、きわめて特異なことと言わなければならないのである。なかでも、末摘花巻における「重賦」の引用は、この物語の主題的根幹に関わるものだと私は思う。(1)

「秦中吟」は、白居易みずから「但だ民の病痛を傷んで、時の忌諱するところを識らず」(『文集』巻一・0035「傷唐衢其二」)とする連作であるが(「秦」は長安の意)、「重賦」は農民の重税苦を歌った詩である(「賦」は税の意)。まずその詩を掲げよう。

厚地植桑麻　　厚地に桑麻を植えしむ
所要済生民　　要《もと》むる所は生民を済《すく》わんがためなり
生民理布帛　　生民　布帛《ふはく》を理《おさ》む
所求活一身　　求むる所は一身を活かさんがためなり
身外充征賦　　身外を征賦《ぜい》に充《あ》て

上以奉君親
国家定両税
本意在憂人
厥初防其淫
明勅内外臣
税外加一物
皆以枉法論
奈何歳月久
貪吏得因循
浚我以求寵
斂索無冬春
織絹未成疋
繰絲未盈斤
里胥迫我納
不許暫逡巡
歳暮天地閉

上は以て君親に奉ず
国家の両税を定めしは
本意は人《たみ》を憂うるに在り
厥《そ》の初め　其の淫を防がんがために
明らかに内外の臣に勅《いまし》む
税外に一物をも加うれば
皆な枉法《おうほう》を以て論ずと
奈何《いかん》せん　歳月久しうして
貪吏《たんり》　因循することを得たり
我より浚《かきさら》いて以て寵を求め
斂索《れんさく》して冬春無し
絹《きぬ》を織りて未だ疋《しょ》を成さず
絲《いと》を繰《く》りて未だ斤《きん》にも盈《み》たざるに
里胥《りしょ》は我に迫りて納めしめ
暫くも逡巡することを許さず
歳暮れて天地閉じ

陰風生破村
夜深煙火尽
霰雪白紛紛
幼者形不蔽
老者体無温
悲端与寒気
併入鼻中辛
昨日輸残税
因窺官庫門
繒帛如山積
絲絮似雲屯
号為羨余物
随月献至尊
奪我身上暖
買爾眼前恩
進入瓊林庫

陰風　破村に生ず
夜深くして煙火尽き
霰雪《さんせつ》白く紛紛たり
幼き者は形《からだ》を蔽わず
老いたる者も体の温《あたた》まること無し
悲端と寒気と
併《ふた》つながら鼻中に入りて辛《から》し
昨日　残りの税を輸《いた》し
因りて官庫の門を窺えば
繒帛《そうはく》　山の如く積み
絲絮《しじょ》　雲の似《ごと》く屯《あつ》まれり
号《な》づけて羨余《せんよ》の物と為《な》し
月に随いて至尊に献ず
我が身上の暖を奪い
爾《なんじ》が眼前の恩を買う
進めて瓊林《けいりん》の庫《くら》に入るるも

歳久化為塵　歳久しうして化して塵と為る

［口語訳］（為政者が民に農業を勧めて）大地に桑や麻を植えさせるのは、本来生民を済うためである。生民が桑や麻から絹布や麻布を作るのは、まずその当人が生きるためである。そして一身のために用いた剰余を税に充当し、民の親とも言うべき君王に献上するのである。さて、国家が両税法を定めたのは、その本意は民衆の生活苦を憂えたところにあった。だから、施行当初、天子は、それが過剰な徴税を結果することを防ぐために、中央・地方の官僚たちにはっきりと戒められたのである。すなわち、正規の税以外に少しでも多く徴収することがあれば、すべて違法行為として処断する、と。ああ何としたことか、歳月を重ねるうちに、貪欲な徴税吏らは悪習に染まり、我々農民からかきさらうようにして税を取り立てては、税外の剰余を天子に献上して寵遇を求め、我々から春も冬も搾《しぼ》り取っている。綃を織って未だ一疋（八丈）にもならず、糸をつむいで未だ一斤（約六〇〇グラム）にも満たないのに、里胥《やくにん》は我々に納税を迫って、暫くの猶予も与えない。歳が暮れて天地の間に陰気がこもり、荒涼とした村に寒風が吹きめぐる。夜が深けて煙火も絶え、戸外では雪や霰が白く紛々と降る。幼い者も体を包む衣がなく、老いた者も体を温めるすべがない。悲歎と寒気と両方で、鼻の奥が疼く。昨日、未納分の税を納めるために役所に行ったついでに、官庫の門の中をのぞいてみた

ら、繒帛《きぬ》は山のごとく積まれ、糸や絮《わた》は雲のように堆《うずたか》く重なっていた。（貪吏たちは）それを「羨余物《あまりもの》」だと称して月々天子に献上している。35お前たちは我々の体から暖かさを奪っておいて、ただ自分のためだけに君恩を買っているのだ。しかもそうやって天子の庫に納められた物は、使われることもなく朽ちはてて塵と化しているのである。

第7句に見える「両税法」とは、中唐の徳宗朝に導入された新税制で、春秋の二期に徴収されたのでこの名を有するものであるが、貧富の差の拡大した農村の現状に合わせ、人民の資産に応じて課税したという点では、たしかに「本意は人を愛するに在り」と言いうるものであった。しかしながら、白居易が「贈友」（『文集』巻二・0087）という詩でも批判しているように、この両税法は当初銭納とされたために、銭を得る必要に迫られた農民は、農作物を商人に安く買いたたかれるという弊を生じた上、この「重賦」に歌われているように、貪吏による不正収奪が跡を絶たなかったのであった。

さて、このような内容の詩が末摘花巻の、故常陸宮の姫君末摘花の貧窮のさまを描いたくだりに引用されているのである。光源氏が、明け方の雪の光に彼女の醜貌を残りなく見あらわしたあと、その邸宅を去ろうとする場面である。

御車出づべき門《かど》はまだ開《あ》けざりければ、鍵の預かり尋ね出でたれば、翁《おきな》のいといみじきぞ出で来たる。女《むすめ》にや孫《むまご》にや、はしたなる大きさの女の、衣《きぬ》は雪にあひて煤けまどひ、寒しと思へるけしき深うて、あやしきものに火をただほのかに入れて袖ぐくみに持たり。翁、門をえ開けやらねば、寄りてひき助くる、いとかたくななり。御供の人、寄りてぞ開けつる。

「ふりにける頭《かしら》の雪を見る人も劣らず濡らす朝の袖かな

わかきものはかたちかくれず」とうち誦《ず》じたまひて、（末摘花の）鼻の色に出でていと寒しと見えつる面影、ふと思ひ出でられて、ほほゑまれたまふ。

傍線部「わかきものはかたちかくれず」が、「重賦」第25句「幼者形不蔽」の引用である。が、すでに『細流抄』が指摘しているように、この場面の前夜、光源氏が末摘花邸内の侍女たちの貧寒のさまをかいま見た直後に「いとど愁ふなりつる雪、かきたれいみじう降りけり。空のけしきはげしう、風吹きあれて、大殿油《おおとなぶら》消えにけるを、灯《とも》しつくる人もなし」とあるのも、「重賦」第21句以下の「歳暮天地閉、陰風生破村。夜深煙火尽、霰雪白紛紛」をあしらっているのであり、また前掲文中の点線部「鼻の色に出でていと寒しと見えつる面影」も、同27・28句「悲端与寒気、併入鼻中辛」をほのめかしたものであろう。

こうした引用は、一見、原詩の主題とは関わらない断章取義的なものに見えもしよう。だが、後の蓬生巻で、光源氏の須磨・明石流寓によってその庇護を失い、再び貧窮にあえぐことになった末摘花とその侍女たちの様子を描いたところにある次のような一節を読むと、この末摘花巻における「重賦」の引用には、軽々に読み過ごしえない意味があるように思われてくるのである。「重賦」は、たんに民衆の重税苦を訴えただけでなく、その第13〜20句および第33〜36句に見られるように、そのような重税苦を招く元凶である「貪吏」を痛烈に告発した詩でもあるからである。

まれまれ残りてさぶらふ人は、「なほいとわりなし。この受領《ずりやう》どもの、面白き家造り好むが、この宮の木立を心につけて、『放ちたまはせてむや』と、ほとりにつきて案内し申さするを、さやうにせさせたまひて、いとかうもの恐ろしからぬ御住まひに、思《おぼ》し移ろはなむ。立ちとまりさぶらふ人も、いと堪へがたし」など聞こゆれど、……。

この物語が書かれた当時、財力を蓄えて「面白き家造り好む」受領たちが現実にいたのであり、そうした輩が、この末摘花邸のように、没落した皇族や名門貴族の由緒ある邸宅を買収するようなことも実際あったことであった。(2) しかもこの蓬生巻で語られているのは、たんに成り上がりの受領たちが零落皇族末摘花の邸宅を買い取ろうとしていた、というだけではない。末摘花その人の身内にもまた「世に落ちぶれて受領の北の方に」なっていた叔母がいて、その叔母は、受領階級への転落をかつて常陸宮夫妻から侮《あなど》られていたことの腹いせに、末摘花を自分の娘たちの侍女にしようとしていたのであるが、その夫が、受領のなかでも最も巨富を成す者の多かった大宰の大弐に就任したので、末摘花を大宰府に伴おうとするのである。いわば〈没落皇族の貧窮〉と〈受領の富裕〉との深刻な対峙の構図が、この蓬生巻には敷設されているのであって、末摘花巻に白居易の「重賦」の周到な引用が見られたことをここに思い合わせれば、物語作者が、そうした成り上がりの受領たちの本質を「貪吏」として見据えているのであることに思い至らされるであろう。

「重賦」引用の意味をこのように見定めるならば、私たちはさらに、紫式部の父藤原為時の存在にも思いを致さぬわけにはいかない。大江匡房の『江談抄』巻五に、「匡衡、書を行成大納言の許《もと》に送りて云はく、『為憲・為時・孝道《たかみち》・敦信《あつのぶ》・挙直《たかなほ》・輔伊《すけただ》、この六人は凡位を越ゆる者なり。故にその身貧し』と云々」という記事がある。為時は源為憲とともに、大江匡衡が、非凡なるがゆえに貧しかった文人としてその名をあげた六人の筆頭に置かれていた。為時は、短命に終わった花山朝の政治改革に、式部丞・蔵人として参画し、寛和二年（九八六）の花山天皇の突然の落飾退位によって解官されて以後、十年の長きにわたる無官時代を過さなければならなかったのであった。いっぽう為憲は、「古来良吏とは、任国に割り当てられた租税を期日どおりに国庫に納めて、しかも苛斂誅求によって任国を滅ぼすようなことのない者を言うのだ、しかしながらこの二つの条件を満たす限りその身の富もうはずがない、古《いにし》えの良吏に似て貧しい者はいま天下にこの為憲だけである」と喝破しているが（『本朝文粋』巻六「申美濃加賀等守状」）、彼は美濃守時代ある事件に連座して解任されそうになった時、任国の農民たちの要請によって解任を免れており（『権記』長保二年二月二十二日条）、実際良吏であったと想像される。しかもこの二人は、具平親王を中心とする文人たちの交遊圏にあって親しい間柄であった。同じく受領階層に属しながらも、「貪吏」にはなりえなかった清貧な文人たちの空気にふれながら漢文学を学んだことが、紫式部のうちに物語作家としての批判的精神を培ったものと考えられよう。(3)

## 二　雨夜の品定めの意味

ここで、帚木巻の雨夜の品定めにいわゆる「三つの品」の論を想起したい。頭の中将が、上の品の家の深窓にかしずかれた姫君よりも、「中の品になむ、人の心々、おのがじしの立てたる趣も見えて」、中の品の女にこそ、それぞれの個性的な生き方考え方が見られるので、交際しがいのある女性を探すのなら中の品がよい、と言うと、すかさず光源氏が、「その品々やいかに。いづれを三つの品に置きてか分くべき。もとの品高く生まれながら、身は沈み、位みじかくて、人げなき、また直人《なほびと》の上達部《かんだちめ》などまで成り上《のぼ》り、我は顔にて家のうちを飾り、人に劣らじと思へる、そのけぢめをば、いかが分くべき」と問いかけている。つまり、三つの品といっても、それは固定的なものではないだろう、もともと高貴でありながら零落している者と、下から成り上がってきた者とは、どのように区分けするのか、というのである。それに対して左馬頭《ひだりのむまのかみ》が、「そのいずれをも中の品に分類すべきである。『なまなまの上達部《かんだちめ》』などよりも、裕福な受領で門流も元来卑しからぬような家の女こそ、さっぱりと垢抜けしていていい」と答えるのであるが、ここには、一見男たちの好き勝手な放言を装いながら、家の浮き沈みのはげしかった時代の現実が、さりげなくしかし克明に写し取られている。この左馬頭の言葉にもう少し注意してみよう。

なりのぼれども、もとよりさるべき筋ならぬは、世人《よひと》の思へることも、さは言へどなほ異なり。また、もとはやむごとなき筋なれど、世に経るたつき少なく、時世《ときよ》に移ろひて、おぼえ衰へぬれば、心は心として事足らず、わろびたることども出でくるわざなめれば、とりどりにことわりて、中の品にぞ置くべき。受領といひて人の国のことにかかづらひ営みて、品定まりたるなかにも、また刻みきざみありて、中の品のけしうはあらぬ、選《え》り出でつべきころほひなり。なまなまの上達部よりも、非参議の四位どもの、世のおぼえくち惜しからず、もとの根ざしいやしからぬ、安らかに身をもてなしふるまひたる、いとかはらかなりや。

受領階層といっても、二三代遡れば公卿の家であったような「もとの根ざしいやしからぬ」者は、実際少なくなかったのであった(4)。また「非参議の四位ども」は、受領を歴任して四位に達しながら、参議の空席がないために非参議にとどまっている輩で、この階層の中からのちに「非参議の別当」として院の近臣となる者が出現してくるであろう(5)。が、ここでとくに留意しておかなければならないのは、「なまなまの上達部」である。受領の任免に影響力を行使しうる一握りの権門と、そうした権勢家の家政をさまざまなかたちで支えた裕福な受領たちとが、相互に寄生的な関係を結ぶなかで、さほどの権勢を有さぬ「なまなまの上達部」は、経済的にも不如意な状態に陥りがちだったのであった。

ずっとのちの東屋の巻で、裕福な常陸の介に娘が多くいるということを聞いて、求婚してくる「なま君達《きむだち》めく人々」があったと語られているが、彼らもまた「なまなまの上達部」の家の子息たちであったろう。そしてそのなかで、最初浮舟と婚約していながら、彼女が介の実子ではないと知るやさっさとこれを破談にして、介の実の娘に鞍替えしてしまう左近の少将の以下のような言葉――「かやうのあたり（受領風情の家）に行き通はむ、人のをさをさ許さぬことなれど、今様のことにて咎《とが》あるまじう、（受領の父親が婿殿を）もてあがめて後見だつに罪隠してなむあるたぐひもあめるを……」とか、「（常陸の介の婿に迎えられたいという）わが本意は、かの守《かむ》の主《ぬし》（常陸の介）の、人柄もものものしく、おとなしき人なれば、後見にもせまほしう、見るところありて思ひはじめしことなり。もはら顔容貌《かたち》のすぐれたらむ女の願ひもなし。品あてに艶ならむ女を願はば、やすく得つべし。されど、さびしう事うち合はぬみやび好める人の果てはては、ものきよくもなく、人にも人ともおぼえたらぬを見れば、少し人にそしらるとも、なだらかにて世を過ぐさむことを願ふなり」といった言葉も、まさに「なまなまの上達部」の家の「心は心として事足らず、わろびたることども出でくるわざ」に堪えかねたがゆえの現金な物言いであったと推察される。

またこの雨夜の品定めの翌日に光源氏が出会った空蟬は、故中納言兼衛門督の娘であったが、初老の伊予の介の後妻というその現在の境遇は、父の死後の経済的困窮を物語っている。ついで源氏が交渉をもつことになる夕顔も、早くに亡くなったその父親は三位の中将であった。いずれも「なまなまの上達部」の家の女で、父の死後零落の憂き目に会っていたのである。

この雨夜の品定めでは、「なまなまの上達部」の零落が、受領たちの経済的上昇と表裏一体の歴史的現象として捉えられているわけであるが、前節で見たように、蓬生の巻では〈没落皇族の貧窮〉と〈受領の富裕〉とが鋭く対比されていた。末摘花、紫の上、朝顔の斎院、紅梅巻の宮の御方（蛍兵部卿の姫君）、宇治の姉妹、蜻蛉巻の宮の君、と挙げてゆけば、むしろこの物語は「なまなまの上達部」の娘たち以上に、宮家の姫君たちの境遇に、深く持続的な関心を寄せていることがうかがわれる。とくに蜻蛉巻の宮の君は、式部卿の娘でありながら、父宮の死後、継母から意に染まぬ結婚を強いられ、それに同情した明石の中宮から誘われるままに宮仕えに出て、薫に複雑な感慨を催さしめたのであるが、それは紫の上や宇治の姉妹たちにも起こりえたことであったことに気づかされ、読者もまた薫の感慨に共感させられるところである。しかも、これはすでに総角の巻にも女一の宮付きの女房たちのなかには「やむごとなき人の御女《むすめ》などもいと多かり」とあり、また宿木巻でも「さるは、かの君たち（宇治の大君・中の君）のほどに劣るまじき際の人々も、時世《ときよ》にしたがひつつ衰へて心細げなる住ひするなどを、（薫は）尋ね取りつつあらせなど、いと多かれど……」と語られていたのであった。道長が権勢をほしいままにしてから、上達部や宮家の姫君が（多くは親の死後に）宮仕えに出る例が急増していることは、阿部秋生氏の『源氏物語研究序説』（注4所掲）で詳細に検討されたところであるが、そうした現実も、この物語世界のうちに写し取られていたのである。

当時の貴族社会内部におけるこのような階層変動の現実を克明に見据え、それが人々の意識に及ぼす影響を陰翳深く描きながら、恋愛と結婚の諸相を描き出していったところに、この物語の写実性の画期的な新しさがあると言ってよいであろう。

左馬頭のよく知られた次のような言葉についても、ここで併せ考えておきたい。

さて世にありと人に知られず、さびしく荒《あば》れたらむ葎《むぐら》の門《かど》に、思ひのほかにらうたげならむ人の閉ぢられたらむこそ、限りなくめづらしくはおぼえめ。

この左馬頭の言葉は、『うつほ物語』嵯峨の院の巻で、貧しい宮内卿在原忠保の妻が、その娘に諭す次のような言葉を想起させずにはいない。

今の世の男は、まづ人を得むとては、ともかくも、「(その女には)父母はありや。家所《いへところ》はありや。洗はひ、綻《ほころ》びはしつべしや。供の人に物はくれ、馬・牛は飼ひてむや」と問ひ聞く。顔かたち清らならば、(6)あてにらうらうじき人といへど、荒《あば》れたる所にかすかなる住まひなどして、さうざうしげなるを見ては、「あなむくつけ。わが労《いた》つき、煩《わづら》ひとやならむ」と思ひ惑ひて、あたりの土をだに踏まず。

先にみた東屋巻の左近の少将は、この「今の世の男」の一典型とみなされよう。だが、その少将の現金さが、彼の置かれた社会的位境による、それなりに背に腹は変えられぬ切羽詰ったものであることをうかがわせる点で、『源氏物語』は『うつほ物語』をも大きく引き離していると言わざるをえないのである。

この在原忠保の妻の言葉はまた、王朝の物語において、男主人公が色好みであることを要請されたゆえんを、端的に物語っている。女の家の財産や父親の政治力、母親の世話などをあてにせず、結婚よりもまず恋愛に重きをおいて、「もの思ひ知る」女性を葎の門にまで探し求め、その女性自身の「あてにらうらうじき」人柄を愛することができる者、それは色好みでなければならなかった。『落窪物語』で、交野の少将にも擬された弁の少将が落窪の姫君のことを聞いて、「その御母おはせぬこそはいと心苦しく、あはれまさらめ。わがもとには、いとはなやかならざらむ女の、もの思ひ知りたらむが、かたちをかしげならむこそ、唐土《もろこし》・新羅《しらき》まで求めむと思ふ」と語っているのは、まさにそのような色好みの面目躍如たるところである。主人公道頼でさえ、物語の始発においては色好みとして登場しているのであって、のちに乳母から右大臣家の姫君との縁談を勧められて、奥様になられるお方はやはりご両親おそろいで大切にかしづかれているような姫君こそ理想的です、と言われたのに対して、「古めかしき心なればにやあらむ、今めかしく好もしきことも欲しからず、……父母具したらむをともおぼえず、落窪にもあれ、上がり窪にもあれ、忘れじと思はむをばいかがはせむ」と答えているのも、彼が色好みの系譜を引いていることの証しと言えよう。

## 三　源氏物語が白居易の文学から得たものは何か

アルベール・ティボーデ Albert Thibaudet（一八七四～一九三六）は、「小説の読者 Le liseur de romans」という評論で、十六世紀においてまぎれもなく天才の刻印を帯び、世界文学たりえた小説《ロマン》として、セルヴァンテスとラブレーのそれをあげ、彼らの小説は古い小説に対するパロディであり哄笑 éclats de rire であって、「真の小説は小説に対するノン！から始まるのだ Le vrai roman dēbute par un *Non!* devant les romans」とのべているけれども、『源氏物語』の末摘花の物語などは、まさに「葎の門の物語」に対するパロディであり哄笑であり、宇治の姉妹の物語もそれに対するノン！であった。また紫の上の物語は『落窪物語』に対するノン！であったとも言えるであろう(7)。

ではなぜ『源氏物語』が先行の物語に対してノンを発することができたのかと言えば、前節までに見てきたような、この物語作者の時代社会を批判的に凝視する眼差しに思い至らざるをえないし、またそのような批判的な眼差しが、白居易の諷諭詩によって培われた面があることも容易に想像されよう。そのことはすでに西郷信綱氏が「新古今の世界」（『増補 詩の発生 文学における原始・古代の意味』未来社、一九六四年／初出は一九五九年）で次のように指摘していたところであった。

中国の古典文学との交渉や反発や対比からきりはなして日本の古典文学を、即自的に扱うだけで果してどれほど正確な認識がえられるものか、私は甚だ懐疑的になってきている。たとえば白氏文集や史記に代表される中国文化への深い理解がなかったとしたら、紫式部はおそらく今あるような源氏物語をかけなかっただろうと考えざるをえない。よくいわれることだが、白楽天の長恨歌が「桐壺」の巻の下敷になっているとかいないとかいったような皮相な、筋立てや語句の上での影響の問題としてではなく、もっと根本的に作品の文学的な質や構想力そのものの問題としてそうだと思うのである。逆にいえばそれは、もし紫式部が中国文化への、当時の並の女とはちがうとびぬけた素養をもたず、女流文学の伝統に自然発生的によりそうだけであったならば、彼女の作も蜻蛉日記や和泉式部日記程度の、つまり客観的なロマンとしての骨格の弱い日記文学の域を大して脱け出ることは不可能であっただろうということである。ここには伝統の断絶、そしてより高い次元での伝統への回帰ともいうべきものがあり、そのことが源氏物語を前時代や同時代の他の作品といささか質を異にする文学に飛躍させた一つの決定的契機であったといえるのではないかと考える。

しかしながら、なぜこの物語のような長編の物語が書けたのかということになると、白居易の文学だけではもとより、中国文学の影響を総体的に考えてみても、説明はつかない。実はそのこともすでに西郷氏の同じ論文に、以下のようにのべられていたのである。

古代の日本文学は中国文学に対し、詩歌の領域ではどんなに欲目にみても二目も三目もおかねばならぬけれども、しかし他方、物語というジャンルでは日本文学が第一バイオリンをひいていることを否定できない。竹取物語は物語のなかで一ばん素朴なものだが、その程度の構成法を有する物語も中国古代には発達しなかったといわれる。奈良朝に流行した遊仙窟にしても竹取物語より幼稚であり、まして源氏物語には比べるものがない。

アーサー・ウェイリーは、その *The Tale of Genji* 第二巻の序文で、この物語の構成の妙を絶賛し、紫式部にはかたちとテンポのセンスがあると言っているけれども、いったい彼女はそのようなセンスをどうやって会得したのか。またその構成の妙を生み出しているアイロニーとユーモアのセンスをどうやって培ったのか。そして何よりも、あの犀利にして的確な心理分析は……。こうしたことのすべては、中国文学よりもむしろ日本の和歌的伝統や十世紀における物語および仮名散文の成熟、そして究極的には作者の天才に帰せざるをえないのである。

一方、この物語が白居易の文学から摂取したものは、たんに諷諭詩の批判的精神だけではないであろう。それはもっと大きく豊かな、人間と社会を奥行き深く見つめる眼というか、モラリスト的な人間愛とでもいうべきものではなかったであろうか。

白居易は、振幅の大きな文人であった。その振幅の大きさを、二項対立的に捉えてみると、まず兼済と独善という二項対立があげられる。『孟子』を出典とするこの言葉の本来の意義については、小論のはじめでもふれたので繰り返さないが、ただ白居易のばあいその独善は、知足安分ということを根底に据えた私的生活の充実といった意味合いが強まっているようである。(8)

そのことを、白居易の詩のこまやかな味読を通してより鮮明に浮かび上がらせたのが、下定雅弘氏の『白楽天の愉悦　生きる叡智の輝き』(勉誠出版、二〇〇六年)である。白居易の詩を読んでいると、生きていることの歓びや日常茶飯の生活の味わいを、繊細な感性で捉えた詩に数多く出会うが、下定氏はそのような詩を丹念に読み解きながら、いい意味でのエピキュリアンとしての白居易を生き生きと浮かび上がらせている。

すると、白居易における兼済と独善という二項対立は、モラリストとエピキュリアンという二項対立とも置き換えることができる。そしてそれはまた白居易の、諷諭詩人であると同時に、耽美的、感傷的な抒情詩人でもあるという二面性とも、パラレルに重なってくるであろう。白居易の詩には、六朝的な表現を豊かに継承した、耽美的唯美的な、また技巧的な側面も濃厚に存する。

さて、これらの二項対立に通底するものとして、私は〈愛〉を考えてみたいのである。それは恋愛、夫婦愛、恩愛、友情、人間愛、あるいは文芸への愛、美しいものへの愛、生への愛等々、それらを全て含めての〈愛〉であるけれども、そのような愛こそが、文学固有の倫理性の根拠であり源泉であるのではないだろうか。

なぜそのような〈愛〉をことさらに問題にしたいのかと言えば、平安時代の人々の心に深く浸透した浄土教が、〈愛〉を否定する思想だったからである。漢語の「愛」という言葉はニュートラルな言葉であるけれども、日本語としての「愛」は、近代以前は多分に否定的なニュアンスを持っていた。(9) それはやはり浄土教の影響によるところが大きかったであろう。「愛執」とか「愛染」といった言葉を想起すれば分かるように、愛は煩悩や悲苦の原因として、また衆生を輪廻の鎖に結びつけるものとして、否定すべきものであった。もっとも浄土経典の中でも漢訳『大無量寿経』などは、儒教倫理を強く打ち出しているところがあり、「仁愛兼済」「仁慈博愛」などという儒教的な用語さえ出てくるのであって、浄土教にもそういう一面があったことは看過してならないが、少なくとも平安朝の浄土教と限定したときには、やはり愛に対して否定的だったと言ってよい。ところが『源氏物語』は、まさにその浄土教によって深刻に浮き彫りにされてくる人間の愛執の深さを見据えながら、それを結局のところでは肯定的に描いている。(10)その際に、白居易の文学も一つの支えになっていたのではないかと想像してみたいのである。

白居易は、幼い甥の阿亀《あき》（弟・行簡の子、当時六歳）と自身の女子の羅児《らじ》（当時三歳）とに対する愛《いと》しさを歌った「亀羅を弄ぶ」（巻七・0312）という詩のなかで、「亦た恩愛の縁の如きは／乃ち是れ憂悩の資」と言いながら、「世を挙げて此の累《わずら》いを同じうす／吾れ安《いず》くんぞ能く之を去らん」と、自分もその俗情をまぬかれないことを率直に認めている。あるいは金鑾という女子の満一歳の誕生日には、「慚《は》ずらくは達者の懐に非ざれば／未だ俗情の憐れみを免れざることを／此れにより身外に累《つな》がれ／徒に云《ここ》に目前を慰む／若し夭折の患《うれい》無くんば／則ち婚嫁の牽有り／我が帰山の計をして／応に十五年遅からしむべし」（巻九・0413「金鑾子晬日」）とも歌っている。この子の嫁入り支度をしてやるために、自分の隠居の計画を十五年先に延ばさなければならなくなったというのである。後年第三女が生まれた時にも「晩く三女を生んで如何せんとか擬す／預《かね》て嫁娶を愁いて真に患《わずら》いを成す」（巻十七・1087「自到潯陽生三女子因詮真理用遣妄懐」）と言っているように、女子には婚嫁の憂いがつきまとうということも、白居易のしばしば嗟嘆したところであって、あの雨夜の品定めにも引かれた秦中吟「議婚」もまさにこのことに関わるものであったわけである。

しかも白居易は、「我れ道（仏道）に向《おも》きてより来《このかた》／今に六七年／不二の性を錬成し／千万の縁を銷《け》し尽くす／唯だ恩愛の火のみ有つて／往々にして猶し熬煎《ごうせん》す」（巻十・0485「雨夜有念」）と、恩愛の情だけは仏道修行によっても断ち難いと詠じている。いな、仏道修行によっても銷尽しえなかったのは、実は恩愛の情だけではなかった。「苦《ねんごろ》に空門の法を学びてより／銷し尽くす平生種種の心／唯だ詩魔のみ有つて降《くだ》すこと未だ得ず／風月に逢う度に一たび閑吟す」（巻十六・1004「閑吟」）と言っているように、詩魔もまたしかりだったのである。愛執に対するこうした一種おおらかな態度。それは白居易が、現世肯定的な南宗禅、とくに洪州禅に傾倒していたことも関わっていよう。(11)が、いずれにしてもこのような白居易の詩句を通して、紫式部のうちにも浄土教をしたたかに相対化する観方が育まれたのではないだろうか。かつて清水好子氏は、「むしろ専門家としての僧であるよりも、現実の生活の中で、どうしても見捨ててゆけぬ絆《ほだし》があるなら、一方で強く出家を願いながらも、他方人間的な恩愛の苦悩を深く究め尽くすというあり方に作者は意義を認めているようである。むしろかかる人間的な苦悩を機械的に絶ち切らず、自然に絶ち切れるまでつきあい尽くすことが求道の一つの方法だと考えていたのではなかろうか(12)」と言われたけれども、作者のそうした思想を培ったものの一つとして、白居易の文学を考えてみたいのである。もとよりこれは想像の域を出ないのではあるけれども、しかしいちばん肝心なことなのではないかとさえ思う。

## 四　反復される「長恨歌」引用

最後に、『源氏物語』全体の主題とその長編構造に密接に関わっているような白詩引用のあり方について考えてみたい。

これはすでにいろいろなところに繰り返し書いてきたことであるけれども、私は源氏五十四帖全体の構図を以下のように把握している。Ⅰ帝と桐壺更衣の悲恋の物語、Ⅱ光源氏と紫の上の物語、Ⅲ薫と宇治の大君の物語、というこの三つの物語には、次の①から⑤に要約したようなパターンが反復される。

①女はもともと高貴な血筋であるが、親が亡くなるなどして、ほかに有力な後見も無く、不安定な境遇にある（紫の上の場合、父親の兵部卿の宮は健在であったが、継母によって父との間が隔てられており、実質的には孤児同然の境遇であった）。

②男は、まさに女がそのような境遇にあるがゆえにこそ、政治的な利害打算や世間的格式な

どから自由な、純粋な愛情を流露させる。

③女も、そのような男の愛情が「あはれ」と胸にしみていながら、しかしその男の愛情以外によりすがるものの無い境遇にあるだけに、いっそう深刻な愛の不安を経験しつつ、ついに亡くなってしまう（ただし桐壺の更衣の場合は、後宮での他の女御・更衣からの嫉視迫害には悩まされたが、帝の愛が衰えるのではないかという不安はまぬかれていたようである）。

④いまはの際に、女も男を「あはれ」と思う心情を全面的に流露させる。

⑤あとに残された男は、女の面影を恋い慕いつつ、尽きることのない悲しみにくれ惑う。

そして、この⑤の箇所に「長恨歌」の引用が繰り返されるのである。まずⅠの⑤では、娘の桐壺更衣が亡くなって悲しみにくれている母親に、帝が靫負の命婦を弔問に遣わす。これはまさに「長恨歌」で、方士が蓬萊山まで尋ねて行って、仙女に生まれ変わっていた楊貴妃に会うところと重なっていよう。命婦は母親から更衣の形見の着物や「御髪《みぐし》上げの調度めくもの」つまり釵《かんざし》を託されて内裏に帰参し、帝に奏聞する。帝は、「亡き人の住処《すみか》尋ね出でたりけむ、しるしの釵ならましかば」と思い嘆きつつ、「尋ねゆく方士《まぼろし》もがなつてにても魂のありかをそこと知るべく」という歌を詠む。

こうして帝と更衣の悲恋の物語がその小さな円環を閉じるところにも「長恨歌」が引用され

ているのであるが、この悲恋から生まれたIIの光源氏の物語がさらに大きな円環を閉じる幻の巻で、光源氏もまた亡き紫の上を追慕して、「長恨歌」の同じ箇所を踏まえた歌を詠んでいる。「大空を通ふ方士夢にだに見えこぬ魂の行方尋ねよ」と（傍点部も「長恨歌」の「魂魄《こんぱく》曾《かつ》来て夢にだに入らず」をふまえる）。

以上のように、Iの⑤には靫負の命婦の弔問の一場面が、IIの⑤には幻巻一巻が充てられていたのに対し、IIIの物語では、薫が亡き大君の形代をその妹の中の君に、さらにはその異母妹の浮舟にと求め続けることによって、⑤の部分には総角巻以降の宇治十帖の後半すべてが充てられたとみることができよう。そして宿木巻で薫が、亡くなった大君のことがどうしても忘れられない、大君の魂の在処を尋ねるためなら海の中へも分け入っていきたい、と中の君に訴えるところで、「世をうみ（憂・海）中にも、魂《たま》のありか尋ねには、心の限り進みぬべきを」と言っている。これは『伊勢集』の長恨歌屏風の歌で、やはり方士の蓬萊山探訪のくだりを詠んだ「しるべする雲の舟だになかりせば世をうみ中に誰か知らまし」を踏まえたものである。その後、同じく宿木巻で薫が浮舟を垣間見したところにも、「蓬萊まで尋ねて、釵の限りを伝へて見たまひけむ帝は、なほいぶせかりけむ」と、同じ箇所が言及されている。

さらに夢浮橋巻で、宇治川に入水して死んだものだと思っていた浮舟が実は生きていて、小野の山里で尼になっているということを知った薫が、浮舟の異父弟の小君を小野に遣わす。ところが浮舟は頑なに小君にも会おうとしないし、薫の手紙にも返事をしようとしない。その場面で小君が、「(薫大将殿が)わざとたてまつれさせたまへるしるしに、何ごとをかは聞こえさせむとすらむ。ただ一言をのたまはせよかし」と言い、それに対して横川の僧都の妹尼が「雲のはるかに隔たらぬほどにもはべめるを、山風吹くとも、またも必ず立ち寄らせたまひなむかし」と答えている。この小君の言葉も、すでに指摘されているように、(13)蓬萊山の仙宮太真院に楊貴妃を尋ねあてた方士が、貴妃から形見の鈿合・金釵を渡されたのに対し、これだけでは玄宗皇帝から詐術を疑われる懼れもあるので、「請うらくは、当時の一事の、他人の聞くを為さざる者をもて、太上皇に験《しるし》とせむ」(「長恨歌伝」)と言ったことを、また妹尼の「雲のはるかに隔たらぬほどにもはべめるを」は、太真院が海の彼方の蓬萊山の「雲海沈沈」(同)たるなかにあったということを響かせていよう。ちなみに『大弐高遠集』の「長恨歌」の「忽聞海上有仙山」を句題にして詠んだ歌にも「尋ねずはいかでか知らむわたつうみの波間に見ゆる雲の都を」とある。

このように反復される「長恨歌」の引用に関しては、さらに李夫人の故事および『竹取物語』との引用連関を考えなくてはならないのではないだろうか。いずれも、女が先に男をこの世に残して去る白鳥処女型の話型である。

反復されるパターン④の「いまはの際に、女も男を「あはれ」と思う心情を全面的に流露させる」は、『竹取物語』のかぐや姫昇天の場面で、かぐや姫が詠む「いまはとて天の羽衣着るをりぞ君をあはれと思ひ出でける」という歌を想起させよう。

また、Ⅲの薫と大君の物語における④の場面で、大君は薫に看取られながら息を引き取るのであるけれども、その死の床で彼女は、最後まで袖で顔を隠し続けていたという。そのことは原文に、「ものおぼえずなりにたるさまなれど、顔はいとよく隠したまへり」とあり、また薫が大君に何か言わせたいと思って、大君にとって最も気懸かりであろう妹の中の君のことを言うと、はたして大君はそれに答えたのであるけれども、「顔隠したまふ御袖を少し引きなほして」から答えたのだと、わざわざ語り手は断っている。そして遂に息を引き取った直後の場面でも、「中納言の君（薫）は、さりとも、いとかかることあらじ、夢かと思して、御殿油を近うかかげて見たてまつりたまふに、隠したまふ顔も、ただ寝たまへるやうにて、変はりたまへるところもなく、うつくしげにてうち臥したまへるを」とあり、大君が最後まで袖で顔を隠し続けていたことが知られるのである。これはすでに契沖の『源注拾遺』が指摘しているように、『漢書』の李夫人伝をふまえるであろう。それによれば、漢の武帝最愛の寵妃であった李夫人は、いまはの際に見舞いに訪れた武帝に対して、病にやつれた顔をけっして見せようとしなかった、それは彼女が「色衰而愛弛」（色衰えて愛弛ぶ）、すなわち病に損なわれた顔を見せたら、武帝の愛も冷めるであろうと考えていたからであるという。この李夫人の話は白居易も新楽府

「李夫人」（『文集』巻四・0160）に歌い、藤原成範（一一八七没）の『唐物語』にも翻案されている。また藤原長方（一一三九～九一）の家集にも「李夫人」の題で「なかなかに散りなむのちのためとてぞしをれし花の顔もはぢけむ」と詠まれており、日本でもよく知られていたものであった。

そして大君もまた、薫への思慕を自覚したとたんに、自分の容色の衰えを気にし始めるのであり、いわば「色衰而愛弛」という固定観念に取りつかれているかのように描かれているのである。ただ、大君のばあい注意しなければならないのは、その容色の衰えの意識はあくまでも彼女の思い込みとして、つまり彼女の孤独な自意識の闇の問題として描かれているということである（白居易の新楽府「李夫人」では、実際に李夫人は病によって容色が損なわれていたものとして詠まれている）。ここには、『源氏物語』の小説技法のひじょうに高度な成熟を看取しておかなければならない[14]。

ところでこの「色衰而愛弛」という言葉は、銭鍾書が「史記会註考証」（『管錐編』第一冊〔中華書局、一九七九〕）の第三十三則「呂不韋列伝」で指摘しているように、古くからの諺で、『漢書』李夫人伝だけなく、『史記』呂不韋列伝等にも見えるものなのであるが、白居易の新楽府「太行路」（『文集』巻三・0134）では、「古《いにし》えより称す、色衰うれば相棄背せらると」とも言われている。こちらは、『毛詩』衛風「氓」の小序に「華落ち色衰うれば、復た相棄背せらる」

とあるのによったものであろう。そして白居易はこの「太行路」で、「人生まれて婦人の身と作《な》る莫れ／百年の苦楽他人に由る」と言っている。「婦」は嫁・主婦をさすのが本義であるから、結婚なんかするな、結婚すれば一生の苦楽は男に依存したものになる、というのである。

白居易には「婦人苦」と題された詩さえある（『文集』巻十二・0597）。しかも、これは『白氏文集』では、「長恨歌」のすぐ次に収められているものである。次にその全体の訓み下しを掲げ、口語訳を試みておこう。

蟬鬢《せんびん》は意を加えて梳《くしけず》り／蛾眉は心を用いて掃う／幾たびか暁粧成れども／君看て好しと言わず／妾が身は同穴を重んずれども／君が意は偕老を軽んず／惆悵す　去年来／心に知れども未だ道《い》う能わず／今朝一たび口を開く／語少なきも意何ぞ深き／願わくは他時の事を引き／君が此の日の心を移さん／人は言う　夫婦の親は／義合うて一身の如しと／死生の際に至るに及びては／何ぞ曾て苦楽均《ひと》しからん／婦人一たび夫を喪えば／身を終うるまで孤孑《こげつ》を守る／林中の竹の如き有り／忽ち風に吹き折らる／一たび折れて重ねて生ぜず／枯死して猶節を抱く／男児の婦を喪うが若き／能く暫く情を傷ましめざらんや／応に門前の柳に似たるべし／春に逢いて栄を発し易し／風吹いて一枝折るるとも／還た一枝の生ずる有り／君が為に委曲に言えり／願わくは君再三聴け／須く婦人の苦を

知りて／此れ従《よ》り相軽んずること莫かるべし

［口語訳］ あなたの気に入るようにと心をこめて鬢髪も梳り／眉も念入りに刷きました。／こうして毎朝お化粧を整えても／あなたは「きれいだね」とも言ってくださらない。／私は夫婦の偕老同穴を大切に願っているのに／あなたは軽んじていらっしゃるよう。／昨年来私はそのことを悲しく思っておりましたが／心に思っているだけで口に出して言うことはできませんでした。／今朝、思い切って言わせていただくのです。／言葉は少なくても、そこにこめている気持ちは切実であることを、どうか分かってください。／将来いつかお別れする日が来ます、その時のことを言って／あなたの今のお気持ちを改めていただきたいと思います。／夫婦の間柄は／礼儀備わってしかも一心同体だと言いますが／死別に際しては何と苦楽の差が甚だしいことでしょう。／婦人《つま》が一たび夫を喪えば／その身を終えるまで孤子《ひとりみ》を守ります。／それは林の中の竹が／忽然と風に吹き折られたようなもので／一たび折れては新たに生えかわることなく／枯死したままなお節を抱くのです。／そこへいくと男児《とのがた》は奥さんを亡くしても／暫くは悲しむでしょうが／門前の柳のようなもので／春に逢えばすぐに若葉を茂らせましょう。／風が一枝を吹き折っても／また新しい枝が生えかわります。／こんなにも委曲を尽くして申し上げたのですから／どうぞよく聞き分けてくださいまし。／婦人の

苦しみを知って／これからはけっしておろそかに思わないでいただきたいのです。

「太行路」は新楽府であるから、その「人生まれて婦人の身と作《な》る莫れ／百年の苦楽他人に由る」という言葉は、必ず紫式部の目にふれていたはずである。またこの「婦人苦」という詩も、「長恨歌」の次にあるものであるから、やはり彼女は読んでいたであろう。先に源氏五十四帖を通して反復されるパターンとして掲げたなかにも、「④女も、そのような男の愛情が「あはれ」と胸にしみていながら、しかしその男の愛情以外によりすがるものの無い境遇にあるだけに、いっそう深刻な愛の不安を経験しつつ、ついに亡くなってしまう」と要約しておいたが、家の浮沈がはげしかった時代の現実のなかで、ことにも不安定な状況に置かれ、自立的に生き難かった女性の位境——帚木巻の紀伊守も「世の中といふもの、さのみこそ、今も昔も定まりたることはべらね、中についても、女の宿世はいと浮かびたるなむ、あはれにはべる」と言っているように——を見据え、そのような認識を物語の主題として尖鋭化してゆくうえで、こうした白詩との出会いは浅からぬ意味をもっていたであろうことが想像されるのである。しかしながら、物語の読み方としてさらに大切なことは、先に①～⑤として要約したような男女のありようが、この世で望みうる最も美しい永遠の愛のかたちであるというロマネスクな思想を、この物語がみごとに形象したことであろう。繰り返される「長恨歌」の引用も、まさにそのようなロマネスクに関わっていたのだと思われる。

**注**

（1）「凶宅」「傷宅」の引用については、拙著『菅原道真と平安朝漢文学』（東京大学出版会、二〇〇一年）「日本文学史における『白氏文集』と『源氏物語』」を参照されたい。

（2）詳しくは拙稿「源氏物語と白氏文集―末摘花巻の「重賦」の引用を手がかりに―」（和漢比較文学叢書12『源氏物語と漢文学』汲古書院、一九九三年）を参照されたい。

（3）鈴木日出男・多田一臣・藤原克己『日本の古典―古代編』（放送大学教育振興会、二〇〇五年）第十章「古代後期の漢文学」（藤原執筆）、長瀬由美「一条朝前後の漢詩文における『白氏文集』諷諭詩受容について」（『白居易研究年報』第八号、勉誠出版、二〇〇七年）参照。

（4）阿部秋生『源氏物語研究序説』（東京大学出版会、一九五九年）。

（5）林屋辰三郎『古代国家の解体』（東京大学出版会、一九五五年）。

（6）本文の引用は、室城秀之校注『うつほ物語』（おうふう、一九九五年）によるが、この「清らならば」は不審で、室城氏も「顔かたち清らにて」などの誤りか、としている。

（7）ティボーデの「小説の読者」は、生島遼一訳『小説の美学』（人文書院、一九六七年）等に収められている。

（8）この点については、以下の論文をも参照されたい。三浦國雄「白楽天における養生」（荒井健編『中華文人の生活』平凡社、一九九四年)、茂木信之「文人と隠逸」(同上書所収)、埋田重夫「白居易の閑適詩—詩人に復元力を与えるもの—」(『白居易研究講座』第二巻、勉誠出版、一九九三年)。

(9) 宮地敦子『身心語彙の研究』(明治書院、一九七九年)所収「「愛す」考」参照。

(10) 拙稿「源氏物語と浄土教—宇治の八の宮の死と臨終行儀をめぐって—」『国語と国文学』一九九九年九月号参照。

(11) 孫昌武/副島一郎訳「白居易と仏教・禅と浄土」(『白居易研究講座』第一巻、勉誠出版、一九九三年)参照。

(12) 『源氏の女君』(塙新書、一九六七年)「横川の僧都—自在の人—」。

(13) 表規矩子「源氏物語第三部の創造」(『国語国文』一九五八年四月)。

(14) 拙稿「紫式部と漢文学—宇治の大君と〈婦人苦〉—」(神戸大学『国文論叢』一九九〇年三月/王朝物語研究会編『研究講座源氏物語の視界1—準拠と引用—』新典社、一九九四年に再録)参照。

# 白居易の花実論と源氏物語

新間一美

## 一　源氏物語と白居易の諷諭詩

紫式部日記には、源氏物語と白居易作品との関わりを理解する上で重要な手掛かりとなる記述がある。

御屏風の上に書きたることをだに読まぬ顔をし侍りしを、宮の、御前にて文集のところどころ読ませ給ひなどして、さるさまのこと知ろしめさせまほしげにおぼいたりしかば、いと忍びて、人のさぶらはぬもののひまひまに、おとどしの夏ころより、楽府といふ書二巻をぞ、しどけなくかう教へたてきこえさせて侍るも隠し侍り。

「文集のところどころ」とある「文集」は、白居易の詩文集である「白氏文集」のことである。枕草子に「書《ふみ》は、文集、文選、新賦、史記……」（三巻本・二一一段）とあるように、当時白氏文集は単に「文集」と呼ばれていた。読みは「ぶんしゅう」（或いは「ぶんじゅう」か）であったという[1]。花房英樹氏や丸山キヨ子氏の研究によれば、この時代に読まれていたのは、七十巻本であった[2]。例えば、九世紀末頃成立の日本国見在書目録に、「白氏文集七十巻」とあり、菅原道真が三代の「家集」を献上した時に詠まれた醍醐天皇の御製「見㆔右丞相献㆓家集㆒」詩の注に「平生所㆑愛、白氏文集七十巻是也」と見える。

紫式部は、才をひけらかすような女性であるという評判が立つことを恐れて、屏風の上に書かれた漢字も読めないような顔をしていた。しかし、彼女が仕える彰子（「宮」）が、白氏文集を読みたいというので、批判的な目で見るまわりの女房たちに気づかれないように、忍んで教えていたのである。教えていたのは、「楽府《がふ》」の「二巻《ふたまき》」、すなわち白氏文集の巻三、巻四に当たる「新楽府《しんがふ》」五十首である。その「新楽府」はいかなる作品であろうか。

白居易が友人の元稹に宛てた長大な手紙「与㆓元九㆒書」（元九に与ふる書《ふみ》（一四八六）[3]）には、自身の文学論が記され、同時にそれまでの作品を詩集としてまとめている。

僕数月来、検㆓討嚢秩中㆒、得㆓新旧詩㆒。各以㆑類分、分為㆓巻目㆒。自㆓拾遺㆒来、凡所㆑遇所㆑感、関二於美刺興比一者、又自二武徳一訖二元和一、因レ事立レ題、題為二新楽府一者、共一百五十首、謂二之諷諭詩一。又或退レ公独処、或移レ病閑居、知レ足保レ和、吟二翫情性一者一百首、謂二之閑適詩一。又有下事物牽二於外一、情理動二於内一、随二於感遇一而形二於歎詠一者一百首上、謂二之感傷詩一。又有下五言七言、長句絶句、自二百韻一至二両韻一者四百余首上、謂二之雑律詩一。凡為二十五巻約八百首一。

数箇月来、新旧の詩を検討して来て、それを分類し、巻序を立てている。「拾遺よりこのかた、凡そ遇する所、感ずる所、美刺興比に関はる者、又武徳より元和に訖《いた》るまで、事に因りて題を立つるもの、題して新楽府と為すもの、共に一百五十首、これを諷諭詩と謂ふ」として、「美刺興比」に関わるものと「新楽府」を併せて「諷諭詩」と呼んでいる。「美刺」は、美《ほめ》ること、刺《そし》ること。「興比」は、毛詩大序が述べる「六義」中に見え、それぞれ象徴的・比喩的表現を表わす。白居易は、それらを政治を諷刺するための表現と捉えていた。「諷諭」自体は、ほのめかし、さとすという意であり、これも政治的な批判をしてさとすのである。従って、「諷諭詩」やそれに含まれる「新楽府」は、政治批判を特徴とする。

次に、「又或いは、公より退きて独り処《を》り、或いは病ひに移りて閑居し、足るを知り和を保ち、情性を吟翫するもの一百首、これを閑適詩と謂ふ」として、公の場所から退いて、悠々と自適する心持ちを詠んだ詩を「閑適詩」としている。

他に「事物外に牽かれ、情理内に動き、感遇に随ひて歎詠に形《あらは》るるもの一百首」を「感傷詩」と呼び、「五言七言、長句絶句、百韻より両韻に至るもの四百余首」を「雑律詩」と呼んでいる。「雑律詩」は、所謂絶句・律詩・排律等の近体詩を言い、「感傷詩」は、古体詩（古詩）の形式をとる。すべて「十五巻約八百首」にまとめたと言う。

白居易は、「与二元九一書」の中で、右の「諷諭詩」以下の四分類について、「兼済」（人々を共に救う）の志をもって作るのが「諷諭詩」であり、「独善」（不遇の中で自分の精神を養う）の中で悠々自適の精神を詠むのが「閑適詩」であると言って、この二つを自らの志を表わすものとして「感傷詩」や「雑律詩」よりも重視している。白居易は、憲宗皇帝の元和三年（八〇八）四月に皇帝への諫めを職務とする諫官の左拾遺に除せられていた。左拾遺であったのは五年四月までであるが、その間元和四年に「新楽府」を作った。「諷諭詩」に力を入れたのは、左拾遺に就いていたことが大きい。

元和十年（八一五）八月には、江州司馬に左遷された。江州は、都の長安からはかなり南の揚子江中流域の南岸に位置する。「与二元九一書」が書かれたのは、同年の年末であった。政治の中心から離れた土地で、それまでの詩人としての已れを振り返り、親友の元稹に宛てて思いを吐露し、詩集の編纂にまで及んだのがこの手紙である。自撰の古い巻序を伝えるという那波本白氏文集を初めとして、諸本は、巻一から巻四までを諷諭詩に当てている。ともあれ、「新楽府」五十首は、白居易が最も重んじた社会性を持った諷諭詩の一部であり、それを紫式部はことさらに選んで彰子に教えたのである。

実際に源氏物語を見ると、「新楽府」五十首、及び諷諭詩のもう一つの代表的な連作と言える「秦中吟」十首が何度も使われている(4)。主なものを次に列挙しよう(算用数字は連作中の番号)。

○新楽府五十首(白氏文集巻三・四)

上陽白髪人〔〇一三一〕7　賢木巻(六条御息所)・幻巻(光源氏)

李夫人〔〇一六〇〕36　桐壺巻(桐壺更衣)・宇治十帖(浮舟)

陵園妾〔〇一六一〕37　帚木巻(常夏の女)・手習巻(浮舟)

古塚狐〔〇一六九〕45　夕顔巻(夕顔)

○秦中吟十首(白氏文集巻二)

議　婚〔〇〇七五〕1　帚木巻「わが二つの途《みち》歌ふを聴け」(帚木・七五)(5)

重　賦〔〇〇七六〕2　末摘花巻「わかき者はかたちかくれず」(末摘花・二七四)

傷　宅〔〇〇七七〕3　胡蝶巻「廊をめぐれる藤の色も」（胡蝶・三二一）

不致仕〔〇〇七九〕5　夕顔巻「朝《あした》の露に異ならぬ世を」（夕顔・一四三）

「新楽府」の「上陽白髪人」「陵園妾」「李夫人」等には女性が登場するが、それを巧みに桐壺更衣や夕顔（常夏の女）・六条御息所・浮舟等の女性像の造型に使っている。幻巻では、紫の上を失って悲嘆に沈む光源氏の描写に「上陽白髪人」の女性像を使っている。彰子に「新楽府」を教授したことと、源氏物語の内容は密接に関わると言えよう。

「秦中吟」の方は、「わが二つの途歌ふを聴け」のように直接詩句を訓読して引用しているものを挙げた。私見によれば、「二つの途」は、帚木三帖の末尾に当たる夕顔巻巻末にある光源氏の歌、「過ぎにしもけふ別るるも二道《ふたみち》にゆくかた知らぬ秋の暮かな」（夕顔・一七九）の「二道」に用いられた。末摘花巻の「わかき者はかたちかくれず」は、「寒」によって「貧」を表わすために引用され、寒そうな先の赤い鼻、即ち「末摘花」という巻名と深く関わる。単なる場面的な引用にとどまらず、巻の主題、或いは物語の筋立てに関わると考えられるのである(6)。

このように紫式部は「新楽府」や「秦中吟」を物語に多用している。白居易の諷諭詩の精神をよく理解した上でのことであり、右に挙げた作品以外についても、その細部まで読み込んでいたと思う。

本稿では、「新楽府」の第二十八首「牡丹芳」に見える「花実論」を源氏物語の長編構想と関わりがあるものとして取り上げる。

## 二　源氏物語の長編構想

源氏物語の長編構想について確認しておきたい。物語には光源氏の主要な妻として紫の上と明石の上という二人の女性が登場する。この二人は、光源氏と明石の上との間に生まれた明石の姫君が紫の上の養女となり、さらに中宮になるという筋立ての上で重要である。この筋立てが物語の中で根幹ともいうべき位置を占めていると考える。明石の姫君は明石の上という実母と紫の上という養母の二人の母親を持って初めて中宮たり得たと思う。

この二人は共に若紫巻で登場する。霞立ち、山桜が咲き乱れる北山の「なにがし寺」で、光源氏は若紫（後の紫の上）と出逢うが、その前に明石の上が会話の中で先に登場する。寺の後方の高いところから都の方を望むと素晴らしい風景であり、話は日本各地の名勝へと及ぶ。富士山や「なにがし嶽」（浅間山のことと言う）などの東国の山の話題が出て、対比的に西国の水景が美しい明石の浦へと話題が移る。

〔良清〕「近き所には、播磨の明石の浦こそ、なほことにはべれ。何の至り深き隈《くま》はなけれど、ただ海の面《おもて》を見わたしたるほどなむ、あやしく異所に似ず、ゆほびかなる所にはべる。かの国の前《さき》の守、新発意《しぼち》の、女《むすめ》かしづきたる家、いといたしかし。大臣《だいじん》の後《のち》にて、出で立ちもすべかりける人の、世のひがものにて、まじらひもせず、近衛の中将を捨てて、申し賜はれりける司なれど、…若き妻子《さいし》の思ひわびぬべきにより、かつは心をやれる住ひになむはべる…」…〔源氏〕「さて、その女《むすめ》は」と問ひたまふ。〔良清〕「けしうはあらず、容貌《かたち》、心ばせなどはべるなり。…わが身のかくいたづらに沈めるだにあるを、この人ひとりにこそあれ、思ふさま異なり。もし我に後《おく》れてその志とげず、この思ひおきつる宿世《すくせ》たがはば海に入りね、と常に遺言しおきてはべるなる」と聞こゆれば、君もをかしと聞きたまふ。人々、「海龍王の后になるべきいつき女《むすめ》なり。心高さ苦しや」とて笑ふ。

（若紫・一八六）

そこには変人の入道がいて、娘を高い身分の人と結婚させようとしており、もし思い通りの結婚ができなければ、海に入ってしまえと言っているという。その場では、「海龍王の后になるべきいつき女なり」と笑いの種になっている。

物語は、のちに明石の上と光源氏が出逢い、明石の姫君が生まれ、中宮になるというように展開するので、これは重要な伏線と言えよう。

若紫巻では、その後夕暮れになり、昼に童女が仏に「閼伽《あか》」を差し上げているのを見た「なにがし僧都」の僧坊の「小柴垣」のもとを訪れ、そこに愛する人に生き写しの可愛らしい少女を垣間見ることになる。

つらつきいとらうたげにて、眉のわたりうちけぶり、いはけなくかいやりたる額《ひたひ》つき、髪《かむ》ざし、いみじううつくし。ねびゆかむさまゆかしき人かなと、目とまりたまふ。さるは、限りなう心を尽くしきこゆる人に、いとよう似たてまつれるが、まもらるるなりけり、と思ふにも涙ぞ落つる。（若紫・一九〇）

藤壺そっくりの少女に惹かれた光源氏は、思わず涙を流したのであった。

こうして若紫と出逢った光源氏は、彼女を二条院に引き取り、後に妻とする。一方、須磨に退居して二年目の春に嵐に遭い、明石の入道の誘いを受けて明石に移って、明石の上を妻とすることになった。出逢いの場から言えば、北山の少女と西国の浦の女性とを妻とした。和漢朗詠集に「山水」の部があるように、平安朝的な風景観では、「山水」という分類がある。この語を用いて言えば、山水の風景を背景とし、そこに住んでいた女性を妻としたのである。

光源氏が許されて都へ帰ってきた後に、明石の地で明石の姫君が生まれた。それを聞いた光源氏は、宿曜の予言を思い出した。

宿曜《すくえう》に、「御子三人《みたり》、帝、后かならず並びて生まれたまふべし。中の劣りは、太政大臣にて位を極むべし」と勘《かむが》へ申したりしこと、さしてかなふなめり。（澪標・一七）

光源氏の三人の子供は、天皇と中宮が必ず並び立ち、中の劣っている者は太政大臣になって位人臣を極めるだろうという予言である。この予言が回想された時点では、すでに藤壺との間に生まれた冷泉院の帝は即位しており、一人については実現している。この度生まれた明石の姫君が、将来中宮になるということが、ここで確認されている。

若菜上巻では、明石の姫君が東宮の皇子を生んだのを知った明石の入道が、遺言を都に送って来る。その遺言の中で、明石の上が生まれるときの霊夢について言及している。

みづから須弥《すみ》の山を、右の手に捧げたり。山の左右《さう》より、月日の光さやかにさし出でて世を照らす。（若菜上・一〇二）

入道の夢の中の「月」と「日」の「光」は、これから生まれる明石の上の子孫から天皇と中宮が出ることを意味する。物語の上では、明石の姫君が中宮になり、その子が天皇になることを意味している。さらに、

若君、国の母となりたまひて、願ひ満ちたまはむ世に、住吉の御社《みやしろ》をはじめ、果たし申したまへ。（若菜上・一〇三）

と記している。姫君の皇子の即位が実現し、姫君が国母になったら、住吉の神に願果たしをしてもらいたいという意である。実際に若菜下巻で姫君が生んだ皇子が皇太子に立ち、皇子の即位が現実味を帯びた時点で、光源氏は住吉大社に詣でている。

従って、若紫巻に始まる明石の物語の構想としては、光源氏と明石の上が出逢い、その娘が中宮となり、その子が天皇になるだろうということまでを含んでおり、これを源氏物語の長編構想として把握することができよう。物語全体の構成を説明する時によく使われる三部構成説では、藤裏葉巻までを第一部、若菜上巻から幻巻までを第二部として、光源氏の生涯を二つに切り離してしまうが、その切れ目を強調すると一貫した構想を見失うように思う。森岡常夫氏や大朝雄二氏が三部構成説を批判しているのを認めたいと思う(7)。

中宮となる過程で、身分の低い明石の上が母親であれば、その実現が危ぶまれる。そこで光源氏は紫の上を姫君の養母にすることを思いついた。松風巻の末尾に光源氏が姫君の袴着の腰結い役を紫の上に依頼し、結局養女として引き取らせようとする場面がある。

「まことは、らうたげなるものを見しかば、契り浅くも見えぬを、さりとて、ものめかさむほども憚り多かるに、思ひわづらひぬる。同じ心に思ひめぐらして、御心に思ひ定めたまへ。いかがすべき。ここにてはぐくみたまひてむや。蛭《ひる》の児《こ》が齢《よはひ》にもなりにけるを、罪なきさまなるも思ひ捨てがたうこそ。いはけなげなる下《しも》つかたも、まぎらはさむなど思ふを、めざましとおぼさずは、引き結ひたまへかし」と聞こえたまふ。（松風・一四三）

「蛭の児が齢」は、「かぞいろはあはれと見ずや蛭の児は三歳《みとせ》になりぬ脚《あし》立たずして」（大江朝綱・日本紀竟宴和歌、和漢朗詠集・詠史〈六九六〉）を引いている。姫君が三歳になったことと、このままでは充分に育てられないことを意味しているのであろう。紫の上の力を借りてこそ脚も立ち、中宮にもなり得るという気持である。

紫の上は、「児《ちご》をわりなうらうたきものにしたまふ御心」（松風・一四四）であったので、「得て、抱《いだ》きかしづかばや」という気になり、養母になることを承諾した。松風巻に続く薄雲巻には、嵯峨野の大堰《おおい》の山荘に滞在する明石の上と姫君との母子の別れが描かれている。中宮になると予言された明石の姫君を中心に置いてみると、若紫巻に登場する光源氏の二人の妻が、姫君の実母と養母という二人の母親となるように物語は描かれているのであり、そこに物語の長篇構想の地盤がある。

## 三　六条院四季の町の「桜」と「松」

光源氏が明石から都へ帰還した後を描く澪標巻では、冷泉院の帝の即位、明石の姫君の誕生とともに、御代替わりに際しての、六条御息所の娘（後の秋好中宮）の伊勢の斎宮退任についても記されている。おりから御息所は病に倒れ、光源氏に娘を託して死ぬ。光源氏は、御息所の娘を養女にした上で入内させようと決心する。娘は、絵合巻で冷泉院の帝の女御として入内することになる。

　薄雲巻では、光源氏は、閑居を志していることを女御に話す。その住まいの庭造りに当たって、女御の好みを問う場面がある。

「はかばかしきかたの望みはさるものにて、年のうちゆきかはる時々の花紅葉、空のけしきにつけても、心のゆくこともしはべりにしもがな。春の花の林、秋の野の盛りを、とりどりに人あらそひはべりける、そのころの、げにと心寄るばかりあらはなる定めこそはべらざなれ。唐土《もろこし》には、春の花の錦に如《し》くものなしと言ひはべるめり、大和言の葉には、秋のあはれを取り立てて思へる、いづれも時々につけて見たまふるに、目移りて、えこそ花鳥の色をも音《ね》をもわきまへはべらね。狭《せば》き垣根のうちなりとも、そのをりをりの心見知るばかり、春の花の木をも植ゑわたし、秋の草をも掘り移して、いたづらなる野辺の虫をも住ませて、人に御覧ぜさせむと思ひたまふるを、いづかたにか御心寄せはべるべからむ」（薄雲・一八一）

と聞こえたまふに、

「はかばかしきかたの望み」は、女御における皇子誕生の希望を指す。一方、季節のうつろいにつけて「心のゆくこと」をしたい、人々は昔から「春の花の林、秋の野の盛り」を争って来た、「唐土《もろこし》」では「春の花の錦に如くものなし」と言っており、「大和言の葉」では「秋のあはれ」を取り分け思って来た、あなたは春と秋のどちらを好まれますか、と所謂春秋の争いについて言及し、質問している。(9)

女御は判断に迷いつつも、「いつとなきなかに、あやしと聞きし夕《ゆふべ》こそ、はかなう消えたまひにし露のよすがにも思ひたまへられぬべけれ」（薄雲・一八二）と答えた。母御息所が亡くなった秋の夕べに心動かされるという理由で「秋の（夕べの）あはれ」の方を選んだのである。後に少女巻で中宮になった彼女は、読者から「秋好中宮」と呼ばれるに至る。

光源氏は紫の上に対しても同じような質問をしたようである。

「女御の秋に心を寄せたまへりしもあはれに、君の春の曙《あけぼの》に心しめたまへるもことわりにこそあれ…」（薄雲・一八四）

紫の上は、女御の秋への好みに対し、「春の曙」を好んでいた。この「曙」は桜の咲く「曙」であろう。紫の上と桜の関わりについては、物語の中で一貫した描写が指摘できるのである。紫の上は、野分巻では夕霧の目を通して、

気高くきよらに、さとにほふここちして、春の曙の霞の間《ま》より、おもしろき樺桜の咲き乱れたるを見るここちす。（野分・一二五）

と「春の曙の霞の間」から咲き出る桜のような美貌として描かれている。

若菜下巻では光源氏の目を通して、女楽に際しての姿が、

紫の上は、葡萄染《えびぞめ》にやあらむ、色濃き小袿《こうちき》、薄蘇芳《うすすはう》の細長に、御髪《ぐし》のたまれるほど、こちたくゆるるかに、大きさなどよきほどに、様体《やうだい》あらまほしく、あたりににほひ満ちたるここちして、花といはば桜にたとへても、なほものよりすぐれたるけはひことにものしたまふ。

（若菜下・一七六）

と桜に喩えて描かれている。

晩年、死を自覚した紫の上は、明石の姫君が生んだ孫に当たる匂宮に、二条院の紅梅と桜を譲る。

「大人になりたまひなば、ここに住みたまひて、この対の前なる紅梅と桜とは、花のをりをりに、心とどめてもて遊びたまへ。さるべからむをりは、仏にもたてまつりたまへ」

（御法・一一〇）

匂宮も、紫の上の死後、桜の咲いたのを見て「まろが桜は咲きにけり。いかで久しく散らさじ」（幻・一三五）と、桜を紫の上の形見として見ている。[10] 紫の上は春を好み、春の花の中でも特に桜を好み、自身も桜のような女性としてまわりから見られているのである。

振り返って見ると、若紫巻において北山の桜の中で彼女は光源氏の前に姿を現わし、桜のような女性として光源氏から扱われている。一泊して光源氏は山を去るが、その折に、少女の祖母の尼君に歌を残して行く。

　夕まぐれほのかに花の色を見てけさは霞の立ちぞわづらふ　（若紫・二〇四）

「霞」が「ほのか」に見た「花の色」は、光源氏が見た若紫であった。
　都に帰ってからも、光源氏は、自らの少女への気持ちを、桜に託して伝えている。

　おもかげは身をも離れず山桜心の限りとめて来《こ》しかど　（若紫・二一〇）

あなたを思い、心のすべてを山に留めて来たけれど、身を離れないのは、「山桜」の「おもかげ」であった。それは、すなわち藤壺の「おもかげ」を思い起こさせる少女の「おもかげ」なのである。(11)
　紫の上にとって光源氏は、生涯を通じて唯一の男性であった。その出逢いの場は、霞の中に満開の桜咲く北山である。朝、都に帰って行く光源氏を北山の僧都等は見送るが、その姿を少女も見ていた。

この若君、をさなごこちに、めでたき人かなと見たまひて、〔少女〕「宮〔父の兵部卿の宮〕の御ありさまよりも、まさりたまふかな」などのたまふ。〔女房〕「さらば、かの人の御子になりておはしませよ」と聞こゆれば、うちうなづきて、いとようありなむと、おぼしたり。雛《ひひな》遊びにも、絵描《か》いたまふにも、源氏の君と作り出でて、きよらなる衣《きぬ》着せ、かしづきたまふ。（若紫・二〇六）

光源氏に引き取られることを少女も期待し、それは後に実現する。終生の夫となるはずの人を初めて見た北山の桜の風景が、彼女の春や桜への好みを決定したと推測してもよいであろう。

紫の上と秋好中宮という二人の女性の好みを中心として、六条院が造営されている。具体的な造営の結果は、少女巻に記されている。

六条御息所から譲り受けた六条京極の邸を四倍に拡大して、春夏秋冬の庭を持つ「田」の字形の四つの町に四人の女性が住むという構想である。六条院は完成し、引越しが行われる。明石の姫君の二人の母親に関しては、東南の春の町は養母の紫の上、西北の冬の町は実母の明石の上が住むという配置になっている。他は、秋好中宮が西南の秋の町、花散里が東北の夏の町に住むことになる。

八月にぞ、六条の院造り果ててわたりたまふ。未申の町は、中宮の御古宮《ふるみや》なれば、やがておはしますべし。辰巳は、殿のおはすべき町なり。丑寅は、東《ひむがし》の院に住みたまふ対の御方（花散里）、戌亥の町は、明石の御方とおぼしおきてさせたまへり。もとありける池山《いけやま》をも、便《びん》なき所なるをば崩しかへて、水のおもむき、山のおきてをあらためて、さまざまに、御方々の御願ひの心ばへを造らせたまへり。（少女・二七三）

「心ばへ」は心のあり方が表に出るという原義から、趣味の意味になる。住む女性たちの趣味が庭に反映され、そうして作られた紫の上が住む春の町には、春の花木である桜や梅が植えられた。

南の東《ひがし》は、山高く、春の花の木、数を尽くして植ゑ、池のさまおもしろくすぐれて、御前近き前栽、五葉《ごえふ》、紅梅、桜、藤、山吹、岩躑躅《つつじ》などやうの、春のもてあそびをわざとは植ゑて、秋の前栽をば、むらむらほのかにまぜたり。（少女・二七四）

それに対し、明石の上が住む西北の町は、

西の町は、北面《きたおもて》築《つ》き分けて、御倉《みくら》町なり。隔ての垣に松の木のしげく、雪をもてあそばむたよりによせたり。冬のはじめ、朝霜むすぶべき菊の籬《まがき》、われは顔なる柞原《ははそはら》、をさをさ名も知らぬ深山木どもの木《こ》深きなどを移し植ゑたり。

（少女・二七五）

と、松の木が雪をもてあそぶたよりになるように植わっている。冬の庭を特に好み、その好みに即した庭作りをするというのは、女性の趣味として考えにくいところもあるが、明石の上の個性がそこに強く現れているとも言えよう。

この六条院の冬の雪に映える松は、たまたま植えられたのではない。明石の上や明石の姫君の描写を見ていくと、二人は登場時から「松」に密接に結びついた描写がなされている。

三昧堂《ざんまい》近くて、鐘の声、松風に響きあひて、もの悲しう、岩に生ひたる松の根ざしも、心ばへあるさまなり。前栽どもに虫の声を尽くしたり。

（明石・二八九）

〔尼君〕「荒磯陰に心苦しう思ひきこえさせはべりし二葉の松も、今はたのもしき御生ひ先と祝ひきこえさするを、浅き根ざしゆゑやいかがと、かたがた心尽くされはべる」

（松風・一三二）

〔明石の上〕
末遠き二葉の松に引き別れいつか木《こ》高きかげを見るべき

〔光源氏〕
生ひそめし根も深ければ武隈《たけくま》の松に小松の千代をならべむ

（薄雲・一五五）

えならぬ五葉の枝にうつる鶯も、思ふ心あらむかし。

〔明石の上〕
年月を待つ（松）にひかれて経《ふ》る人にけふ鶯の初音聞かせよ

（初音・一三）

〔明石の姫君〕
ひきわかれ年は経《ふ》れども鶯の巣立ちし松の根を忘れめや

（初音・一四）

明石の上の岡辺の家には松が生えており、そこに生まれた姫君も「二葉の松」と言われている。身分の低さを表わす「浅き根ざし」という語も松に関わって用いられている。光源氏も明石の上や姫君との縁を「生ひそめし根も深ければ」と深い契りがあるように言いなしている。松風の巻では明石に似た風景の大堰川河畔で松風が吹いている。

六条院の正月の初子の日を描く初音巻では、明石の上は子の日にちなんだ五葉の松に鶯をとまらせた作り物を作って、明石の姫君に贈っている。そこに「年月を待つ（松）にひかれて」

の歌を添えている。自分はひたすら待つ（松）身ですよ、あなた（鶯）の声を今日は聞かせてもらいたいとの意である。紫の上のもとにいる姫君もそれに応えて、「巣立ちし松の根を忘れめや」と、自分は今は春の町にいるけれども、もとの松のことは忘れないと詠んでいる。母の明石の上を「松の根」としてそこから育ったと自分を規定している。これらの明石の上、明石の姫君と関係がある松の描写を松の構想と呼び得ると思う[12]。

一方、紫の上は、桜や春の庭を好むというだけではなくて、若紫巻や野分巻・若菜下巻等で桜のような女性として描かれていた。明石の上も冬の松を好むだけではなく、冬の松のような女性であると考えることができよう。

六条院は、「春秋《はるあき》のあらそひ」（野分・一二三）の場という面から見ると東南の春の町と西南の秋の町が重要である。光源氏の栄華を支える中宮の実家という面から見ても、当代の中宮となる秋好中宮が秋の町に住み、次代の中宮である明石の姫君が春の町に住んでおり、この二つの町が対になりつつ全体の中で南面して、重要な位置づけを与えられていることが納得できる。しかし、光源氏の実の娘である明石の姫君が育って中宮になる御殿という面から見るならば、その実母が住む冬の町と養母が住む春の町が対になるという側面もある。しかも、冬の厳しい時期を過ごしてこそ春が来るという考え方は、次のように春秋争いの中で表明されている。

秋に引越して間もなく、秋好中宮から送られて来た紅葉と「心から春待つ園はわがやどの紅葉を風のつてにだに見よ」という秋の庭を自慢する歌に対して、紫の上は、箱に苔を敷き、「巖《いはほ》」を作り、作りものの五葉松に歌を付けて答えた。

風に散る紅葉はかろし春の色を岩根の松（待つ）にかけてこそ見め　（少女・二七七）

散る紅葉よりも、しっかりと根を張る松の緑の中に春の色を見ましょう、と言っている。秋という時節よりも、冬から春への季節の動きに価値を認めようとしているのである。

春と秋の対に加えて、六条院には、春と冬の対の意識もある。しかも冬があってこそ春が来るというのは、永遠を表わす循環の思想とも言える。その冬と春を表わす二人の女性から中宮が生まれるというように源氏物語は書かれており、そこに積極的な意味を認めたい。その考え方、つまり桜（のような母）と松（のような母）が揃ってこそ初めて子が中宮になるというような考え方が、この背景にある。

## 四　菅原道真の「松竹」

桜と松が揃ってこそ意味があるという思想は、菅原道真の詩文に見える。道真は寛平七年

（八九五）二月に宇多天皇の命を受けて、桜を愛惜する詩と詩序を残している。(13)

春惜二桜花一、応レ製。并レ序〔三八四〕

承和之代、清涼殿東二三歩、有二一桜樹一。樹老代亦変。代変樹遂枯。先皇馭暦之初、事皆法二則承和一。特詔二知レ種レ樹者一、移二山木一、備二庭実一。移得之後、十有余年、枝葉惟新、根亥如レ旧。我君毎レ及二花時一、惜二紅艶一以叙二叡情一、翫二薫香一以廻二恩眄一。此花之遇二此時一也、紅艶与二薫香一而已。夫勁節可レ愛、貞心可レ憐。花北有二五粒松一、雖レ小不レ失二勁節一。花南有二数竿竹一、雖レ細能守二貞心一。人皆見レ花、不レ見二松竹一。臣願我君兼惜二松竹一云爾。謹序。

春物春情更問誰　　春の物春の情《こころ》更に誰《たれ》にか問はむ
紅桜一樹酒三遅　　紅桜一樹酒三遅
綺羅切歯相同色　　綺羅歯を切《くひしば》る色相《あひ》同じきことに
桃李慙顔共遇時　　桃李顔を慙《は》づ時に共に遇へるに
欲裛飛香憑舞袖　　裛《つつ》まむと欲しては飛香舞袖に憑《よ》る
将纏晩帯有遊糸　　纏《まと》はむとしては晩帯遊糸有り
何因苦惜花零落　　何に因つてか苦《ねんごろ》に惜しむ花の零落することを

為是微臣職拾遺　是れ微臣の拾遺を職とするが為なり

「承和の代」（仁明天皇の代）に清涼殿の東に桜があったが枯れてしまった。「先皇」（仁明天皇の子の光孝天皇）の御代に、桜を植え直した。それを「庭実」と言っている。十余年経って、もとのように立派になったので、光孝天皇の子の現在の宇多天皇がそれを愛惜せよと言って道真に詩を作らせたのである。

道真は、天皇が桜の「紅艶」「薫香」を愛惜するのは良いが、桜の北側には「勁節」を持つ「五粒の松」（五葉の松）があり、南側には「貞心」を持つ「数竿の竹」がある。人は皆、花ばかりを見て松や竹を見ない、それをも兼ねて愛惜せよと主張する。

詩の尾聯で、自分が花が散るのを惜しむのは、私が「拾遺」（侍従の唐名）を職とする為であると言っているが、かつて白居易も「左拾遺」として、「新楽府」を作った。「与元九書」にも「拾遺よりこのかた」とあった。それに倣ったものであろう。

「拾遺」は、令集解に毛詩鄭箋を引いて、「遺」は「亡也、失也」と注している。「拾遺」は諫官であり、皇帝がし残したことや忘れたことを諫奏するのが職務である。道真も自分は白居易が左拾遺であったと同じ「拾遺」なので、天皇が花ばかりを愛惜していないで、松の「勁節」や竹の「貞心」に目を向けなさいと詩をもって諫奏しているのである。

同じような発言は、寛平九年（八九七）正月の清涼殿の梅の花を見ての作にも見える。(14)

早春侍レ宴、同賦ニ殿前梅花一、応レ製〔四四〇〕

非紅非紫綻春光　　紅にあらず紫にあらず春光に綻ぶ
天素従来奉玉皇　　天素従来《もとより》玉皇に奉る
羊角風猶頒暁気　　羊角の風は猶暁気を頒《わか》つ
鵝毛雪剰仮寒粧　　鵝毛の雪は剰《あまつさ》へ寒粧を仮す
不容粉妓偸看取　　粉妓の偸《ひそ》かに看取するを容《ゆる》さず
応叱黄鸝戯踏傷　　応に黄鸝の戯れに踏み傷《やぶ》るを叱るべし
請莫多憐梅一樹　　請ふ多く憐れむこと莫れ梅一樹
色青松竹立花傍　　色青くして松竹花の傍らに立てり

梅の花を愛しすぎてはいけない、松や竹を見なさいよ、と前の詩と同様に宇多天皇に言っている。桜や梅と共に松や竹の存在に目を向けよという道真の主張は、六条院において桜や松が共に存在することに通ずる。

## 五　白居易の花実論とその受容

この道真の主張は、紫式部が彰子に教えていた白居易「新楽府」中の第二十八首目「牡丹芳」に由来すると考えられる。一部を略して引用しよう（神田本白氏文集による）。

牡丹芳　　　　　　　　牡丹芳〔〇一五二〕
美天子憂農也　　　　　天子の農を憂ふることを美《ほ》めたり
牡丹芳　牡丹芳　　　　牡丹芳《ぼたんはう》　牡丹芳
黄金蕊綻紅玉房　　　　黄金の蕊《はなふさ》　綻びて紅玉の房あり
千片赤英霞爛々　　　　千片の赤英は霞《かすみ》爛々たり
百枝絳焰燈煌々　　　　百枝の絳焰は燈《ともしび》　煌々たり
（中略）
華開花落二十日　　　　華開き花落つ二十日
一城之人皆若狂　　　　一城の人皆狂《たは》れたるが若《ごと》し
三代以還文勝質　　　　三代より以還《このかた》文質に勝てり

人心重華不重実
重花直至牡丹芳
其来有漸非今日
元和天子憂農桑
卹下動天天降祥
去歳嘉禾生九穂
田中寂寞無人至
今年瑞麦分両岐
君心独喜無人知
無人知可歎息
我願蹔求造化力
滅却牡丹妖艶色
少迴士女愛花心
同助吾君憂稼穡

人の心華《くわ》を重むじて実《じつ》を重むぜず
花《くわ》を重むじて直《ただ》に牡丹芳に至る
其の来《きた》ること漸《ぜん》有り今日《けふ》のみにあらず
元和の天子農桑を憂へたまふ
下《しも》を卹《めぐ》み天を動かして天祥を降《かう》す
去《い》ぬる歳《とし》嘉禾《かくわ》九穂《きうすい》生ひたり
田中《でんちう》寂寞として人の至る無し
今年《ことし》瑞麦《ずいばく》両岐に分れたり
君の心独り喜びて人の知る無し
人の知る無くは歎息すべし
我れ願はくは蹔《しば》し造化の力を求めて
牡丹の妖艶の色を滅《おと》し却《しりぞ》けて
少しく士女の花を愛する心を迴らして
同じく吾が君の稼穡《かしよく》を憂へたまふことを助けよ

二十日の間、長安城の人々は牡丹の花を狂ったように愛し続けるが、それは「三代」（夏・殷・

周）以来「文」が「質」に勝って来たことに由来する。その結果、「人の心華《くわ》を重むじて実《じつ》を重むぜず」という現実がある。だから憲宗皇帝が稲や麦のことを心配していることを人は知らない。牡丹の魅力を減らし、花を愛する心を、帝が稲や麦を愛するような方にまわしてもらいたい、と言っている。この白居易の花実論では、「華（花）」を牡丹、「実」を稲や麦に置き換えて、華美に走る自分が生きている時代を批判している。

道真の宇多天皇に向けられた「人皆花を見て、松竹を見ず」という主張は、やはり時代の華美を批判し、それを天皇に直言している。右の「人の心華《くわ》を重むじて実《じつ》を重むぜず」によく似た措辞であり、それに由来すると考えられる。

## 六　白居易の花実論と論語の君子論

「牡丹芳」に見える白居易の花実論は、もともとは論語（雍也篇第六）に見える文質論に基づく。

子曰、質勝レ文則野。文勝レ質則史。文質彬々、然後君子。

子曰、質文に勝てれば則ち野《や》なり。文質に勝てれば則ち史《し》なり。文質彬々《ひんぴん》にして、然る後に君子なり。

魏の何晏の注に、「苞氏曰、彬々文質相半之貌也」とあり、梁の皇侃の義疏に「質実也。勝多也。文華也」とある。「文」と「質」が揃ってこそ君子たり得るが、その「文」と「質」を注では、「花」「実」と言い換えているのである。

白居易の花実論の特徴は、「文質彬々」ではなくなった、「花」ばかりを重んずる時代を批判するところにあるが、この花実論を用いた批判は、古今集の序文に使われている。紀貫之の「仮名序」に、

今の世の中、色につき、人の心、花になりにけるより、あだなる歌、はかなき言のみいでくれば、色好みの家に埋れ木の、人知れぬこととなりて、まめなる所には、花薄ほに出すべきことにもあらずなりにたり。

とあり、紀淑望の真名序に、

及下彼時変ニ澆漓一、人貴中奢淫上、浮詞雲興、艶流泉涌。其実皆落、其花孤栄。至レ有下好色之

家、以レ此為二花鳥之使一、乞食之客、以レ此為中活計之謀上。故半為二婦人之右一、難レ進二大夫之前一。

とある。「人の心、花になりにける」は、「牡丹芳」の「人の心華を重むじて」を受けたものであるし、「其実皆落、其花孤栄」とあるところにも白居易の花実論の考え方が背景にあることが窺える。(15)「まめなる所」という「まめ」も「実」の意味である。

もともとの理想である「文質彬々」を表わす花実論もある。紀貫之の「新撰和歌序」では、表現の美しさと内実を具備した和歌を「花実相兼」という語で呼んでいる。

抑上代之篇、義漸幽而文猶質。下流之作、文偏巧而義漸疎。故抽下始レ自二弘仁一至二于延長一、詞人之作、花実相兼上而已。今所レ撰玄又玄。非下唯春霞秋月、潤二艶流於言泉一、花色鳥声、鮮中浮藻於詞露上、皆是以動二天地一、感二神祇一、厚二人倫一、成二孝敬一、上以風二化下一下以諷二刺上一。雖三誠仮二文於綺靡之下一、復取二義於教誡之中一者也。

源氏物語においても女楽における明石の上の描写に「五月待つ花橘、花も実も具しておし折れるかをり覚ゆ」（若菜下・一七六）とあって、紫式部が「花実相兼」の考え方を理解していたことが知られる。道真の場合も「臣願はくは我が君兼ねて松竹を惜しめ」と言っているのは、「春桜花を惜しむ」という題に対して、桜と松竹とを共に愛惜せよという意であり、「花実相兼」と同じことを言っているのである。

　白居易が「牡丹芳」で、「花実」を具体的に「牡丹」、「稲」「麦」と置き換えていたが、道真は「人の心華を重むじて実を重むぜず」という「牡丹芳」の句を、「人皆花を見て、松竹を見ず」というように、「花（桜）」と「松」「竹」とに置き換えたのである。また、白居易には「養竹記」がある。君子が庭に竹を植え、それを見ながら君子としての徳を養っていくという内容であり、そこに「庭実」の語が見えるが、それは庭に植えるものとしての良いものを指す(16)。そこで竹のことを「愛惜」すると言っているので、同じ「庭実」の語を用いて「松竹」について述べた道真の序文は、白居易の「養竹記」を意識していると思われる。道真は宇多天皇に理想的な君子の在り方を望んでいる。

　一方、松についても論語（子罕篇第九）に、「歳寒、然後知二松柏之後一レ凋也」（歳寒くして、然る後に松柏の凋《しぼ》むに後《おく》るることを知る也）とある。これに対する注として、魏の何晏の注に、「凡人処二治世一亦能自脩整与二君子一同、在二濁世一然後知三君子之正不二苟容一」とあり、梁の皇侃の義疏に「此欲レ明下君子徳性与二小人一異上。故以二松柏一匹二於君子一衆木偶二乎小人一矣」とあって、「松柏」を君子の喩えとしている。

源順の「河原院賦」（本朝文粋巻一）を見ると、

是以四運雖転、一賞無忒。春玩梅於孟陬、秋折藕於夷則。九夏三伏之暑月、竹含錯午之風、玄冬素雪之寒朝、松彰君子之徳。

是を以つて四運転ずると雖も、一賞忒《たが》ふこと無し。春は梅を孟陬に玩び、秋は藕《はちす》を夷則に折る。九夏三伏の暑き月は、竹錯午の風を含み、玄冬素雪の寒き朝は、松君子の徳を彰はす。

とあって、春夏秋冬の中で、冬の松の君子としての性格が強調されている。庭に植えられている木は、「庭実」であり、単純に好きだから植えるとかいうものではなく、その「庭実」を見ながら、君子が自分の徳を養うという意味がある。

源融が造った河原院は、源氏物語の六条院のモデルになったと言われており、右の引用部の「春玩」以下は、摘句されて和漢朗詠集「松」（四二四）にも収載されて著名である。「春玩」については、「春のもてあそび」（少女・二七四）という表現と関わりがあると思う。

白居易の花実論は、花が牡丹、実が麦や稲という形で具体化され、道真はそれを桜と松竹に置き換えている。源氏物語では、桜と松になっている。白居易の花実論から出発した菅原道真の花実論や紀貫之の「花実相兼」という考え方があった。その上で、春の町の桜と冬の町の松が二つ揃う六条院という邸で明石の姫君が中宮になっていく、というような考え方が成立していると思うのである。

## 七 「山水」の春の風景

結びとして、紫の上に関わる北山の桜と明石の上に関わる明石の松の源流となる風景を考えてみる。菅原道真に「近院山水障子詩。六首」がある。[17]

水仙詞（四六二）

寄託浮査問玉都　浮査に寄託して玉都を問ふ
海神投与一明珠　海神投げ与ふ一明珠
明珠不是秦中物[18]　明珠は是れ秦中の物にあらず
玄道円通暗合符　玄道と円通と暗に符を合はす

下山言志（四六三）

雖有故山不定家　故山有りと雖も家を定めず

褐衣過境立晴砂
一生情竇無機累
唯只春来四面花

閑適〔四六四〕

曾向簪纓行路難
如今杖策処身安
風松颯颯閑無事
請見虚舟浪不干

山屋晩眺〔四六五〕

断雲知得意無煩
唯恨泉声不避喧
海水三翻花百種
形骸外事惣忘言

傍水行〔四六六〕

誘引春風暫出山
知音老鶴下雲間

褐衣境を過ぎて晴砂に立てり
一生情竇機累無し
唯只《ただ》春来りて四面に花あり

曾向《むかし》簪纓して行路難《かた》し
如今《いま》策《つゑ》を杖《つ》き身を処《を》くこと安らかなり
風松颯颯として閑かにして事無し
請ふ見よ虚舟は浪も干《をか》さざることを

断雲知ること得たり意《こころ》煩ひ無きことを
唯恨むらくは泉声喧を避けざることを
海水三たび翻へる花百種
形骸外事惣《すべ》て言を忘る

春風に誘引せられて暫く山を出づ
知音の老鶴は雲間より下れり

此時楽地無程里　　此の時楽地に程里無し
鞭轡形神独往還　　形と神を鞭《むちう》ち轡《くつわ》して独り往き還る

海上春意（四六七）

蹉跎鬢雪与心灰　　蹉跎たり鬢雪と心灰と
不覚春光何処来　　覚えず春光何れの処より来れるを
染筆支頤閑計会　　筆を染め頤《おとがひ》を支へて閑かに会ふを計るに
山花遙向浪花開　　山花遙かに浪花に向かひて開《さ》く

全体として、山と海の春の光景が描かれている。「下山言志」には「四面の花」があり、「海上春意」には「山花」がある。「閑適」には「風松」があり、「傍水行」には「松」にちなむ「老鶴」が見える。

同様の山水画で大和絵風と考えられるものとして「彰子入内屏風」がある。道長が彰子の入内に際して用意したもので、実物は残っていないが、色紙形に貼るために道長が詠ませた歌が大弐高遠集に十七首、公任集に九首残っており、図柄も知られる。道真詩と同様、春の山水の風景を描いていることが特徴である。その図柄は、京都国立博物館蔵の「山水《せんずい》屏風」（東寺旧蔵）と似ていて参考になるが、いずれも隠者を中心とした「招隠図」と考える。一部を挙げよう（番号は新編国歌大観番号）。

大弐高遠集からは、海辺の松も山の桜も描かれていたことが分かる。

浜づらに立てる松の下に、落ち積れる松葉かきとる人あり

31かき積むる浜の松葉は年を経て木高く払ふ風にこそ待て

山の桜を見る人あり

33いかでとくわが思ふ人に告げやらむ今日外山べの花の盛りを

桜花盛りなる山を行く人あり

36喩へても何かは人に語るべき折りてや行かむ深山べの花

公任集には雛鶴も登場する。

翁の鶴飼ひたる所

303雛鶴をすだてし程に老いにけり雲居の程を思ひこそやれ

花山院の入れり

304雛鶴を養ひたてて松原の蔭にすませむことをしぞ思ふ

人の家に、松にかかれる藤を見る

307紫の雲とぞ見ゆる藤の花いかなる宿のしるしなるらむ

三〇四番に「花山院の入れり」とあるのは、色紙形に書かれ、屏風に貼られたことを意味している。三〇三番の公任作と同場面であり、公任の方は選に洩れたのである。いずれも海辺で養っている鶴を雲居や松原に住まわせたいと思うとあるが、彰子入内の意を含ませている。

三〇七番の公任歌では、隠者の庵の傍らの松に藤が懸かっている図柄であるが、その藤を「紫の雲」と見なしている。「雲」の「しるし」は、「雲を視て隠を知る」[19]という易の思想に拠って、立派な招くべき隠者がその下にいることを示す。「紫の雲」は中宮に縁のあるものであるから、その下の庵から隠者ならぬ中宮が生まれるという内容になっている。

屏風の風景の中には山の桜と海辺の松があって、そこから中宮が生まれるということが連想されている。源氏物語では、桜咲く北山の風景から紫の上が登場し、松の緑が美しい明石の浦の風景から明石の上が登場している。明石の姫君も誕生五十日《いか》の祝い[20]の時に、

〔明石の上〕

数ならぬみ島がくれに鳴く鶴《たづ》をけふもいか（五十日）にととふ人ぞなき　（澪標・二七）

と、屏風の「雛鶴」のように鶴に見立てられていた。

若紫巻に見える二人の女性が、自分たちの桜と松の風景を伴って六条院に入ってきた、その二人の母親によって明石の姫君が中宮になるという構想になっている。

こうした山水画には儒教的な側面がある。論語（雍也篇第六）に、「子曰、智者楽レ水、仁者楽レ山」（子曰く、智者は水を楽しみ、仁者は山を楽しむ）とある。山水は、「智者」や「仁者」が楽しむものであり、それを描く山水画には、見るものに「智」「仁」を涵養させる働きもあった。理想的な君子（のような中宮）はそこから生まれる。紫式部も当然目にし、親しんだはずの「彰子入内屏風」の図柄と和歌は、中宮を生み出すという源氏物語の長篇構想の源流と見なせる。

屏風の山水の図柄や庭に植えられた桜や松は、君子の学ぶべき教えの意味を持つ。そこから発する物語は、暗に教えという要素を含むことにもなる。これこそは、ほのめかし、いましめるという諷諭の精神に即したものである。中宮に「新楽府」を教えた紫式部は、白居易の思想を咀嚼して、そこから新しい中宮のための物語を作り得たのである。

**注**

（1）本書所収の神鷹徳治氏「紫式部の読んだ『文集』のテキスト―旧鈔本と版本」参照。

（2）花房英樹氏『白氏文集の批判的研究』（朋友書店・昭和三十五年）、丸山キヨ子氏『源氏物語と白氏文集』（東京女子大学学会・昭和三十九年）

（3）〔　〕内の番号は花房英樹氏注1著書所載の綜合作品表の番号。

（4）近藤春雄氏に『白氏文集と国文学　新楽府・秦中吟の研究』（明治書院・平成二年）がある。

（5）源氏物語の引用は、新潮日本古典文学集成により、巻名と頁数を記した。

（6）その具体例については、新間『源氏物語と白居易の文学』（和泉書院・平成十五年）を参照のこと。

（7）森岡常夫氏「源氏物語三部構成説批判」（『文芸研究』四十九集・昭和四十年一月、『平安朝物語の研究』所収、風間書房・昭和四十二年）、及び大朝雄二氏「源氏物語の長篇的契機―二つの予言の系譜をめぐって―」（『文芸研究』六十三集・昭和四十五年一月、『源氏物語正篇の研究』所収、桜楓社・昭和五十年）参照。

（8）「見たまふる」は、「見たまふ」とあるのを古典集成の注に従って改めた。

（9）拙稿「『源氏物語の春秋争いと元白・劉白詩」（『国語と国文学』平成十九年八月）参照。

（10）この形見の桜は幻巻では、六条院のものであるように読め、その点問題が残る。

（11）「おもかげ」については、拙稿「李夫人と桐壺巻再論―「魂」と「おもかげ」―」（『源氏物語の始発―桐壺巻論集』、竹林舎・平成十八年）参照。なお、「おもかげは身をも離れず」の歌に見える「（山を出る）身」と「（山に残る）心」と同想のものに、白居易「別㆓草堂㆒三絶句（其二）」（二〇九六）の「身出㆓草堂㆒心不㆑出」がある。

(12) 拙稿「松の神性と源氏物語」（『東アジア比較文化研究』（創刊号・平成十四年六月）参照。

(13) 菅家文草の番号は川口久雄注の日本古典文学大系による。同書によれば、日本紀略寛平七年（八九五）二月条に、「公宴、賦下春翫二桜花一之詩上」とあり、その折の作かとする。なお、以下の論については、拙稿「菅原道真の「松竹」と源氏物語」（『菅原道真論集』所収、勉誠出版・平成十五年）参照。

(14) 川口注に、日本紀略の寛平九年（八九七）正月二十四日条に「内宴題云、殿前翫二梅花一」とあることが指摘されている。

(15) 金子彦二郎氏「古今和歌集序の新考察」（『国語と国文学』昭和十六年四月、『平安時代文学と白氏文集　道真の文学研究篇　第一集』所収）、及び拙稿「花も実も—古今序と白楽天—」（『甲南大学紀要』文学編四〇・昭和五十六年三月、新間『平安朝文学と漢詩文』所収、和泉書院・平成十五年）参照。

(16) 「庭実」については、小島憲之氏『古今集以前』（塙書房・昭和五十一年）二〇一頁、及び注13の拙稿参照。

(17) 小林太市郎氏『大和絵史論』（全国書房・昭和二十一年）第一篇「山水屛風の研究」、及び拙稿I「算賀の詩歌と源氏物語—「山」と「水」の構図—」（『源氏物語の新研究—うちなる歴史性を考える』新典社・平成十七年）、II「雲の「しるし」と『源氏物語』—野《や》に遺賢無し—」（『東アジア比較文化研究』（第五号・平成十八年八月）参照。

(18) もと「奏中」とあったが、意味が通らないので、仮に改めた。「秦中吟」の「秦中」と同じく、都の意味とする。

（19）本朝文粋巻一に大江以言「視レ雲知レ隠賦」がある。なお、注17の拙稿II参照。

（20）この五十日の祝いについては、拙稿「明石の姫君誕生祝賀歌と仏典比喩譚―算賀歌の発想に関連して―」（『説話文学論集　第十四集』清文堂・平成十六年）参照。

〔付記〕本稿は、明治大学古代研究所シンポジウム「源氏物語における菅家と白氏」（平成十八年十二月九日、於明治大学駿河台校舎）における同題の研究発表、及びその報告論文（『古代学研究所紀要』第五号・明治大学古代学研究所・平成十九年十月）に基づき、加筆したものである。

# 「雨夜の品定」と諷諭の物語
## ――『白氏文集』「新楽府」の受容と変奏

日向一雅

### はじめに

源氏物語の漢詩文引用については、『白氏文集』が引用句数、頻度数ともに五〇パーセントを上回る圧倒的多数を占めることが報告されている。(1) その『白氏文集』の中でもまた諷諭詩が群を抜いて多いのであった。具体的には、「秦中吟《しんちゅうぎん》」から「議婚」「重賦」「傷宅」「不致仕《ふちじ》」「五絃」、「新楽府《しんがふ》」から「海漫々」「上陽白髪人」「縛戎人」「驪宮高《りきゅう》」「両朱閣」「牡丹芳」「李夫人」「陵園妾」「古塚狐」「采詩官」、その他の「凶宅」等々である。このことが源氏物語にとって何を意味するのかということであるが、これは源氏物語の諷諭の文学としての性格や方法を端的に示すものではないかということを考えてみたい。

その点について丸山キヨ子氏が早くに言及していた。すなわち源氏物語の諷諭詩の引用において、作者紫式部は原詩の諷諭性を最も早く正しく捉えており、物語の根幹に充分に活用しているという見通しを述べた。その上で具体的な引用の仕方を三つに分類した。第一には断章主義的な引用、第二には「諷諭詩の寓する教訓性こそ踏襲されてゐないものの、その一部を踏まえることによって、その句を中心にその詩一篇のもつ感動的な場面のイメージなり、情趣なりを彷彿として描き出させ、原詩のもつ場面、事柄に類似する光景または構成などを効果的に印象づける」という引用の仕方があるといい、第三には諷諭詩の本来的な教訓性をそのまま取った引用があるとした。(2) 右に挙げた各諷諭詩はこのうちのいずれかの方法で使われているということである。

丸山氏は源氏物語が『白氏文集』の諷諭詩の方法に倣う諷諭性を内在させているということを指摘したのであるが、私もそうした観点に従って、ここでは主として「雨夜の品定」を中心にして、そこに『白氏文集』「新楽府」の諷諭詩の方法に倣う諷諭の文学としての性格が存するということを考えてみたい。

## 古注釈の教誡説・寓言説

### 一　注釈史における「諷諭」についての言説

「雨夜の品定」の諷諭の検討に入るまえに、注釈史において源氏物語の諷諭についてどのように言及されてきたのか概観してみる。源氏物語の諷諭について主題論的にはっきりと論じたのは、安藤為章『紫女七論』（一七〇三）が最初であるが、それ以前の注釈書では「諷諭」という言葉は使用されず、同様のことに触れても、「さとらしめ」「をしへ」「こらしめ」「指南」等々の言葉が用いられた。中世の代表的な注釈書である四辻善成『河海抄』（一三六二）は「凡此物語の中の人のふるまひを見るに、（中略）おとこ女につけても人の心をさとらしめ、事の趣を教へずといふことなし」といい、(3) 中院通勝『岷江入楚』（一五九八）は「後人をしてこらしめんと也」、「此物語をはなれて何の指南をかもとめむ」(4) というように、物語の教訓や教誡を力説したが、「諷諭」という言葉は使われなかった。

特に『岷江入楚』では教誡説が強調された。たとえば『毛詩』を引き合いに出して、「（源氏物語が）抑男女の道をもととせるは関雎螽斯《かんしょしゅうし》の徳、王道治世の始たるにかたどれり」といい、『易』を引き合いに出しては、「易の家人の卦の心も、女は内に位を正し、男は外に位を正するが家の正しき道也」といい、『大学』を引用しては「意を誠にし心正くし身を脩め家を斉へ国を治め天下を平にする道をあかすぞ。此物語一部の大意もこれを本とせり。よく此物語に心をつけて道の正しき所を守るべしとぞ。学者これを思へと也」と説き、さらに『左伝』に倣う「筆誅《ひっちゅう》」の類が多くあるという。これは漢籍の断章取義によって源氏物語の儒教的教訓性を主張したのである。

一方で「寓言《ぐうげん》」説が中世の源氏論の一つの特色であった。寓言説は『河海抄』の「誠に君臣の交、仁義の道、好色の媒《なかだち》、菩提の縁《えにし》にいたるまで、これをのせずといふことなし。その趣き荘子の寓言におなじきものか」（巻一「料簡」）とあるのが最初かと思われるが、三条西公条《きんえだ》『明星抄』（一五三四）から『岷江入楚』まで繰り返し言及された。「寓言」とはどういう意味かというと、『明星抄』の「此物語の大綱荘子が寓言にもとづけり。寓言と云ふは己が言を他人の名を借て以て謂ふと也」（「大意」）という説明が比較的分かりやすい。寓言とは「己が言を他人の名を借て以て謂ふ」という物語の方法であり、具体的にいうと、表面には「好色妖艶」を語るが、作者の本意は「人をして仁義五常の道に引いれ云々」ということであるとされた。(5)

他に熊沢蕃山『源氏外伝』（一七〇四）は源氏物語を「上代の美風」や「古の礼楽文章」を正しく伝えるものとして、「此物語は風化を本として書」かれたとする風化説を展開した。(6)

こうした教誡説、寓言説、風化説の当否は別にして、これらも諷諭の範疇として考える。諷諭の方法には社会や現実に対する風刺や批評とともに教訓や教誡の意識があると考えられるからである。

## 安藤為章と萩原広道の諷諭説

安藤為章『紫女七論』の諷諭説はこうした流れの中に位置づけられるが、右のような古注釈との違いは諷諭を物語の方法や主題として明確に位置づけたことである。たとえば源氏物語の「大旨は婦人の為に諷諫すといへとも、をのつから男子のいましめとなる事おほし」と言い、また光源氏の藤壺密通事件については、特にこれを「一部の大事」として、「この造言、諷諭に心つかせ給ひて、いかにもいかにも物のまぎれをあらかじめ防がせ給ふべし」と論じた。(7) 藤壺事件は後世において帝系のまぎれが起こらないようにとの作者の遠き慮りによる諷諭であるというのである。この為章の「一部の大事」を諷諭とする説に対しては、本居宣長は『源氏物語玉の小櫛』（一七九六）で為章の説は儒者心の偏見であるときびしく批判した。(8)

その宣長の為章批判に対して宣長の論を批判したのが、萩原広道『源氏物語評釈』（一八五四）である。広道は為章を支持する論を展開するのだが、そうした論の根拠は源氏物語の文章の法則として「諷諭」の方法をはっきりと認めていたからである。源氏物語の文章の「法則」として「諷諭」を立てたのは広道が最初である。(9)

広道『源氏物語評釈』のいう文章の法則とは、二十一項目にわたるが、「諷諭」については、「今の現にある事に諷《よそ》へて、一つの事をあらはし出でつつ、もののことわりを諭すをいふ。この二つは作者の心の中にある事なるを、推し量りて云ふ也」というふうに定義される。現実にあることによそえて、出来事（物語）を語りつつ、ものごとの道理を諭すのが諷諭の方法であるというのである。広道が「諷諭」を「今の現にある事に諷へて、一つの事をあらはし出でつつ」と規定したことは、源氏物語に現実批判や社会批評という方法の所在をしっかりと認めていたのだといってよい。物語を通して道理を諭す、あるいは批判や批評を通して道理を考えるということが広道のいう「諷諭」であったと思われる。源氏物語はそうした諷諭の方法を持っていると広道は見なしたのである。源氏物語のどこにどのような諷諭を認めるかは、具体的には藤壺事件に対する為章の諷諭説の擁護と、「雨夜の品定」についての二カ所である。

藤壺事件についての批評も興味深いものなので見ておくと、要点はこれが物語の中の「むねとある事にて、其余の事どもは、皆これをまぎらはさんために、あやなしたる物のやうにさへ見ゆめり。されば此事のみは、猶作りぬしの意ありし事となんおぼゆる」というところにある。藤壺事件の重要性を光源氏の他の女性関係とは次元の異なるものと位置づけ、その上で作者の意図するところを推測すべきだとした。藤壺事件を物語の最重要の核心と断じたのは広道が最初であろう。この指摘はまさしく先駆的であり慧眼であった。そしてこの事件に「作りぬしの意ありし事」を認めるというのが諷諭である。しかし、それがどのような諷諭かについては、その解釈は読者に委ねられているというのである。「よく見ん人はよく見てよくさとるべくなん」と言うのである。あるいは、「其世のさまとその事がらとを思ひて、作りぬしの心をおして、かうもやと思はんぞ、この諷諭といふことの見やうなりける」という。広道がどのような諷諭の意味をくみ取ったかは興味深いが、それは語られなかった。

「雨夜の品定」についての広道の論は、要約すれば「品定」は女性論、恋愛論、結婚論として作者の精魂を傾けた議論であり、仏教や儒教にこじつける解釈はしてはならないが、教えや誡めとなることは多い、しかし、作者は教誡の意図を隠してさまざまに紛らわして書いているというところにある。「この品定はあるが中にも心をいれて、世にあらゆる女のさがどもをくまなく論じあかしたる所なれば」、「かくさまざまの女のさがを論《あげつ》らひたるは」というように、文字通りの女性論でありつつ、「世の中の男女のなからひの有さまをば大かたに書きつくされたり」というように、「男女のなからひ」について書かれた恋愛・結婚論であるが、それらは「さりげなく書きまぎらはされたるにや」、「わざとかくまぎらはして、何となく物語のうちにこめたる物」、「わざとしどけなく書きまぎらはしたる物」であるという。それゆえに読者はその作者の意図を深くくみ取らねばならないと論じた。「見ん人ふかく心して味はふべし」というのである。ここでは諷諭という言葉は使われないが、この理解の仕方は「品定」を諷諭の物語として捉えているものであり、広道の諷諭の定義によく適うものであろう。

源氏物語をはっきり諷諭の文学として論じたのは安藤為章が最初であるが、それは中世の古注釈を通して準備されたのであった。しかし、それは本居宣長の言うような儒者心的な硬直性をまぬがれなかったと言わざるをえない。広道はそのあたりを物語の文章の法則として捉え返すことで、諷諭を物語の方法として正しく位置づけたのだといってよい。

## 二　「新楽府」序と「雨夜の品定」の構成

### 職務としての白居易の諷諭詩

右のように源氏物語を教誡、寓言、風化あるいは諷諭の物語として理解することは注釈史の大きな流れとなっていたといえるが、明治以降でも藤岡作太郎や島津久基はその流れを継承していた。[10] それら教誡、寓言、風化、諷諭という言葉で論じられたところを総じて諷諭説として捉え、源氏物語の諷諭の物語としての性格を示すものと、私は理解する。そして源氏物語の中でそうした諷諭の性格あるいは諷諭の方法を最もよく示す部分が、広道も言うように「雨夜の品定」であろう。以下「雨夜の品定」と『白氏文集』「新楽府」との関わりを中心に考えてみたい。

とはいえ、右に見てきたような源氏物語注釈史における諷諭説と、『白氏文集』の諷諭詩における諷諭とでは、その背景や意図に大きな違いがある。静永健氏によれば『白氏文集』の諷諭詩は白居易が左拾遺に補せられて以降、その職務の一環として創作されたものが圧倒的に多く、「天子の諫官たる左拾遺の官としての意識が強くはたらいていた」とされ、そういう意識で詠まれたゆえに、「天子のため、公のためを以て詠んだ、あくまでも純粋な意味での社会風刺詩としての性格」をもつとされる。[11] 白居易の諷諭詩が諫官という職務に関わって創作された詩であるとすれば、源氏物語の諷諭にはそうした背景はない。当然諷諭の意図や意識も異なる。そういう白居易諷諭詩の職務的な背景を紫式部がどの程度理解していたかは分からないが、それはそれとして、中宮彰子に「新楽府」を進講した（『紫式部日記』）ことからして、諷諭詩の政教的意図、為政者のための誡めという意図はよく理解していたと考えてよいであろう。藤原克己氏は紫式部の白氏諷諭詩の受容は当時の文人たちの白氏文集享受圏のなかで、文人たちの享受のあり方に支えられていたことを明らかにしている。[12]

## 「新楽府」序文

さて「雨夜の品定」における白氏諷諭詩の引用は経験談の部分の左の馬頭の指食いの女の話に「上陽白髪人」が、頭の中将の常夏の女の話に「陵園妾」が、藤式部の丞の博士の娘の話に「議婚」が引用されていることが繰り返し論じられてきた。[13] それらを通して紫式部の白居易諷諭詩への親炙の深さは明らかであるが、ここでは「雨夜の品定」の構成が「新楽府」序文にいう「首句其の目を標し、卒章其の志を顕らかにする」という諷諭詩の構成法に倣ったと思われる点について検討してみる。
「新楽府」序文には次のようにある。

序曰、凡九千二百五十二言、斷為五十篇、篇無定句、句無定字、繫於意、不繫於文、首句標其目、卒章顯其志、詩三百之義也、其辭質而徑、欲見之者易諭也、其言直而切、欲聞之者深誡也、其事覈而實、使采之者傳信也、其體順而肆、可以播於樂章歌曲也、惣而言之、為君、為臣、為民、為物、為事而作、不為文而作也。

序に曰く、凡べて九千二百五十二言、断《さだ》めて五十篇と為す。篇に定句なく、句に定字なし。意に繫《か》けて文に繫けず。首句其の目を標《しめ》し、卒章其の志を顕らかにするは、詩三百の義なり。其の辞質にして径なるは、之を見る者の諭り易からんことを欲すればなり。其の言直にして切なるは、之を聞く者の深く誡めんことを欲すればなり。其の事覈《かく》にして実なるは、之を采《と》る者をして信を伝へしめんとてなり。其の体順にして肆《し》なるは、以て楽章歌曲に播《ほどこ》すべきなり。惣《す》べて之を言へば、君の為、臣の為、民の為、物の為、事の為にして作る。文の為にして作らざるなり。

この序文の要点は次のとおりである。「新楽府」の五十篇は「篇に定句なく、句に定字なし」

というようにいたって自由な形式で、しかも内容に重点を置いて、文飾は重んじていないというのが第一点である。次に最初の句に主題を示し、最後の一段に趣旨を明言するとともに、表現や用語は読む人にわかりやすく、聞く人には深く誡めとなるように書いているというのが第二の点である。ここではまた詩の形式がすなおでゆるやかで「楽章歌曲」に適しているといわれる点が注目される。「新楽府」はその名のとおり唐代の新しい歌謡曲を目ざしていたのである。(14) 結論としてすべてこれらの詩は君のため、臣のため、民のため、物のため、事のために作ったもので、装飾のために作ったものではないという。

この第二の点、「最初の句に主題を示し、最後の一段に趣旨を明言する」という構成法、すなわち「首句」と「卒章」の呼応が「雨夜の品定」の構成の仕方に影響を与えていると思うのである。「雨夜の品定」は大きく一般論、比喩論、経験談という三段構成から成る。一般論は「女のこれはしもと難つくまじきはかたくもあるかな」(「帚木」①五七頁。源氏物語の引用は小学館新編全集本による)と始まり、比喩論は「よろづのことによそへて思せ」(同上、六九頁)と始まり、経験談は「かかるついでは、おのおの睦言もえ忍びとどめずなむありける」(同上、七一頁)と始まって、それぞれの内容のまとまりがよい。ここにまず「首句」と「卒章」の首尾呼応する構成が見て取れる。またそれぞれの内容も教訓的風刺的であることはいうまでもなく、例示は省略するが、そこでの話題や発言は右の「之を見る者の諭り易からんことを欲すればなり」、「之を聞く者の深く誡めんことを欲すればなり」という「新楽府」序文の教訓的教誡的意図によく合致していると言ってよい。

こういう「首句」と「卒章」との首尾呼応した構成法が一般論、比喩論、経験談の内部でも採用されていると思われるのである。そうした点を、以下少々煩瑣だが見ておく。

## 「雨夜の品定」の構成と「首句」と「卒章」

まず「品定」の一般論の部分から見てみよう。一般論は先にも引いたが、頭の中将が「女のこれはしもと難つくまじきはかたくもあるかな」と切り出して本題に入る。「これは欠点がないと思われる女はいない」というのが、この段の話題のテーマである。そういう本題のテーマを冒頭に明確に示し、次いでそのテーマに即した内容を語る。筆跡や手紙の内容、親が大切にしている様子や周囲の者の噂を聞いて期待して交際してみるのだが、交際を重ねて行くとがっかりすることが多いという話になる。結論として、期待に反して「見劣りしない女はいない」ということになる。こういう構成が「新楽府」序文にいう「首句」と「卒章」の構成法に相当すると言える。

その「見劣りしない女はいない」という意見を受けて、しかし、「その片かどもなき人はあらむや」――ひとつの取り柄もない女はいないでしょうと言って、次の話題に転じる。そこでは女を身分や境遇によって三階級に分けるのだが、その議論の中心は「中の品になむ人の心々おのがじしの立てたるおもむきも見えて、分かるべきことかたがた多かるべき」（帚木、五八頁）という点にある。すなわち中流の女はそれぞれの性質や考えかたや趣味がはっきりしていて、他との違いがわかるというのである。「中の品」の女の個性的な魅力を力説するのである。そうした中心的な論点をまず示してから、「上の品」との違いなど、「中の品」の女の境遇や彼女たちの思いがけない個性を語り続ける。「卒章」の結論は「中の品」には思いのほか興味を惹かれる女がいるということになる。

さらに妻女論、主婦論へと進むが、そこでもはじめに「おほかたの世につけてみるには咎なきも、わがものとうち頼むべきを選らむに、多かる中にもえなむ思ひ定むまじかりける」（同上、六一頁）と語られる。通りいっぺんの付き合いをしている分には欠点のない女でも、妻として頼りになる女を選ぶ段になると、多くの中からもなかなか決められないという。このように妻とすべき女を選ぶことの難しさをまず揚言して、以下なぜ難しいかということについて、家庭における主婦の役割の重大さ、妻に求めたい心構えや気配りなどをもっぱら男の立場から自由気ままに論い、理想の妻は得がたいと慨嘆する。この慨嘆が「卒章」にあたる。

この理想の妻は得がたいと慨嘆しつつ、妻とすべき女の最後の条件として論じられるのが性格や人柄についてである。

今はただ品にもよらじ、容貌《かたち》をばさらにも言はじ、いと口惜しくねぢけがましきおぼえだになくは、ただひとへにものまめやかに静かなる心のおもむきならむよるべをぞ、つひの頼みどころには思ひおくべかりける。（「帚木」、六五頁）

生涯の伴侶とすべき妻は身分や容姿ではなく、誠実で落ち着いた性格の女がよいというのである。これが「首句」の主題の提示であり、こうした主題に対して現実の夫婦仲はなかなかうまく行かないことを述べ立てる。結論的には「夫婦仲がうまく行かないようなことになったら、互いに気長に辛抱する以外にはない」ということになる。これが「卒章」の趣旨である。

このような展開が「雨夜の品定」の一般論の議論の大筋であるが、その構成はそれぞれの話題ごとに最初にテーマや論点を明示して、以下それを具体的に説明したり敷衍して行き、それぞれの段落で最初のテーマや論点に相応するまとめを付けるのである。こういう語り方を、「首句其の目を標し、卒章其の志を顕らかにす」という「新楽府」序文にいう諷諭詩の構成法に倣うものと理解してよいと思うのである。

比喩論の部分でも同様であり、「よろづのことによそへて思せ」といって、木工芸、絵、書を例として、その道の名人とそうでない者との作品の出来栄えの違いを語っていく。そして名人の作には見た目のおもしろさを超えた風情や風格があるとする。その上で、こうした技芸に

## 「雨夜の品定」の構成

- 導入
- ↓
- 一般論
  - 三階級（上の品・中の品・下の品）の説
  - 妻・主婦の論
  - 性格・人柄の論
  - まとめ
- ↓
- 比喩論
  - 木工芸の論
  - 絵の論
  - 書の論
  - まとめ
- ↓
- 経験談
  - 左の馬の頭の話
    - 指食いの女
    - 木枯の女
  - 頭の中将の話―常夏の女
  - 藤式部の丞の話―博士の娘
- ↓
- 総括（103頁引用「すべて男も女も、わろ者は云々」）

もまして、「人の心」はうわべを見ているだけでは信頼できないものだとまとめる。これが「卒章」の趣旨である。

　経験談の部分においても「首句其の目を標し、卒章其の志を顕す」という首尾呼応した体裁は明確である。左の馬頭の指食いの女の話から始まるが、彼は「まだいと下臈にはべりし時、あはれと思ふ人はべりき」（同上、七一頁）と言って、その女がなぜしみじみと忘れがたい女であったかを語った。その女が「はかなきあだ事をも、まことの大事をも言ひあはせたるにかひなからず」という頼りがいのある女で、染色や裁縫の技術にも優れていて、妻としても主婦としても申し分のない女であったことが、亡くなった後になって分かったと言って、後悔する。

左の馬頭のもう一つの経験談は、同じ時期に通っていた教養のありげに見えた浮気な女の話であるが、この話の締めくくりは、「すきたわめらむ女に心おかせたまへ。過ちして見む人のかたくなる名をも立てつべきものなり」（「帚木」、八〇頁）と言って、女の浮気のために男が笑い者になることがあるから注意するのがよいというのであり、光源氏に対する左の馬頭の自嘲的な忠告で結ばれる。

頭の中将の「痴者の物語」では内気な女が言うべきことをも言わずに突然失踪したことを語って、妻として連れ添うことのできなかった頼りなさを嘆息した。

最後に藤式部の丞が「かしこき女の例をなむ見たまへし」（同上、八五頁）といって、学問のある博士の娘との結婚の失敗談を話して、その女は「鬼」であったのだろうという笑い話になる。このように経験談においても最初の話題の提示と結末は首尾呼応しており、内容もまた風刺と教訓を含むものになっていた。これを「首句」と「卒章」を呼応させる構成法と捉えるのである。

経験談が終わり、「雨夜の品定」の最後の一段は次のような風刺教誡の言説で締めくくられた。全文の引用はできないので、一部を引く。

1すべて男も女も、わろ者はわづかに知れる方のことを残りなく見せ尽くさむと思へるこそ、いとほしけれ。三史五経、道々しき方を明らかに悟り明かさむこそ愛敬なからめ。などかは女といはむからに、世にあることの公私につけて、むげに知らずいたらずしもあらむ。わざと習ひ学ばねど、すこしもかどあらむ人の耳にも目にもとまること、自然に多かるべし。

（「帚木」、八九頁）

男でも女でも生半可な者はわずかばかりの知識をひけらかすのが困りもの、三史五経といった本格的な学問を女が究めようというのは愛敬のないことだが、女だからといって世間の出来事について何も知らないということがあるはずもない。わざわざ勉強しなくても多少の才知があれば見たり聞いたりして学ぶことは自然多いものだ。

2よろづのことに、などかはさてもとおぼゆる折りから、時々思ひ分かぬばかりの心にては、よしばみ情けだたざらむなむめやすかるべき。すべて心に知れらむことをも知らず顔にもてなし、言はまほしからむことをも、一つ二つのふしは過ぐすべくなむあべかりける。

（同上、九〇頁）

女は万事時と場合の振る舞いが分からぬようでは気取ったり風流ぶったりしない方がいいし、知っていることも知らない振りをして、言いたいことも一つ二つは言わずにおくのがよいというのである。

皮肉で辛辣な話しぶりに風刺の意図が明らかである。女が本格的な学問をするには及ばないが、自然身に付く知識や教養はあり、それはひけらかすのではなく、万事控え目に謙虚にするのが賢明だという意見である。「女のこれはしもと難つくまじきはかたくもあるかな」と始まった「雨夜の品定」の、これがまとめの発言である。「新楽府」序文にいう「卒章其の志を顕す」という箇所である。「雨夜の品定」の最後の章句がこういう言説で締めくくられるところに、風刺教誡の文学としての性格が示されていると考えてよい。

## 三 「雨夜の品定」と「新楽府」における「人の心」

「雨夜の品定」には引用とか典拠とかはっきりいえないものの、白居易の諷諭詩との関わりを想定しておきたい箇所がある。「品定」の比喩論の部分で木工芸、絵、書について名人とそうでない者との違いを述べた後に、結論として「まして人の心の時にあたりて気色ばめらむ見る目の情けをば、え頼むまじく思うたまへえてはべる」(「帚木」、七〇頁)と語られたところである。女がその時々に様子ぶってみせるようなうわべの風情は信頼できないという発言である。

やや意味の取りにくいところだが、人の心は表面的な風情だけでは本当のところは分からない、当てにできないということを述べたものと解される。こういう「人の心」に対する見方は常識的といえばそのとおりであり、格別注意を払う必要はないのかもしれないが、「新楽府」の「太行路」、「天可度（天度《はか》るべし）」に次のような一節がある。

太行之路能摧車、若比人心是坦途、巫峡之水能覆舟、若比人心是安流、人心好惡苦不常、好生毛羽惡生瘡。
太行の路は能《よ》く車を摧《くだ》く。若し人の心に比すれば是坦途《たんと》なり。巫峡《ふきょう》の水は能く舟を覆す。若し人の心に比すれば是安流なり。人心の好悪苦《はなは》だ常ならず。好めば毛羽を生じ悪《にく》めば瘡《きず》を生ず
君不見左納言右内史、朝承恩、暮賜死、行路難、不在水、不在山、只在人情反覆間。
君見ずや、左納言、右内史。朝に恩を承け、暮に死を賜ふ。行路難、水に在らず、山に在らず、只人情反覆の間に在り
（「太行路」）

天可度、地可量、唯有人心不可防、但見丹誠赤如血、誰知偽言巧似簧。
天度《はか》るべく、地量《はか》るべし。唯人心の防ぐ可からざる有り。但見る、丹誠《たんせい》赤きこと血の如

きを。誰か知る、偽言巧みなること簧《こう》に似たるを）

海底魚兮天上鳥、高可射兮深可釣、唯有人心相對時、咫尺之間不能料、君不見李義府之輩笑欣欣、笑中有刀潜殺人。

海底の魚、天上の鳥、高きも射るべく深きも釣るべし。唯人心相対する時、咫尺《しせき》の間も料《はか》る能はざる有り。君見ずや、李義府の輩、笑ひて欣欣《きんきん》たるも、笑中に刀有りて潜かに人を殺すを

（「天可度」）

「太行路」の副題は「借夫婦以諷君臣之不終也（夫婦に借りて以て君臣の終らざるを諷するなり）」であり、「天可度」の副題は「悪詐人也（詐人を悪むなり）」というので、それぞれ主題は異なる。「太行の路」の「人心」は妻の立場から夫の心の定まりがたさ、変わりやすさ、当てにならないことを非難し嘆き、それが君臣の間柄でも変わらないというのである。引用箇所は、太行の路はよく車を砕く難路であり、巫峡の水はよく船を転覆させる難所であるが、人の心に比べればまだ平らで安らかだという。人の心は好悪の定まりなく、気に入ればあばたもえくぼであるが、憎めばあら探しばかりする。これは夫婦の間のことだが、君臣の間においても変わらず、朝に君寵のあった者が夕には死を賜う。人生をまっとうすることの何とむずかしいことかと謳うのである。

「天可度」では詐人を例にして「人心」の計りがたさ、知りがたさ、信用のならないことを論う。引用文は、天も地もともに測量することができるが、「人の心」だけは予測のしようがない。見たところ誠実そのものであるのに、実に上手なうそつきがいる。李義府の輩はにこにこ笑っているが、笑いの中に刀があって潜かに相手を殺していたと謳う。

いずれも平易で具体的な例話による教誡と風刺であるのに対して、「品定」の比喩論の「人の心」は具体的な状況のもとに語られているのではなく、一般論的に述べられたのだが、にもかかわらず「太行路」や「天可度」にいう「人心」の信じがたさ、当てにしがたいことをいう点では共通する理解であり、捉え方であると思われる。それらが比喩論の「人の心」の典拠であるという根拠はないが、「品定」の根底にはこうした作品群も沈められていたと考えてよいのであろうと思う。

特に「太行路」には「人生莫作婦人身、百年苦楽由他人（人生まれて婦人の身と作《な》る莫《な》かれ、百年の苦楽は他人に由る）」という女の人生についての嘆きが詠われた。こうした女の人生を詠んだ諷諭詩として、注目したいものに、「井底引銀瓶（井底銀瓶《せいていぎんぺい》を引く）」がある。「井底引銀瓶」は若い娘が一目惚れした男と駆け落ちして、男の家に暮らすようになったが、男の親は「聘則爲妻奔是妾（聘《へい》すれば則ち妻たり、奔《はし》れば是れ妾《しょう》）」と言って、女を妻と認めなかった。結納を納めて迎えた者は妻であるが、勝手に走りこんだ女は妾であり、家の先祖の祭をさせるわけにはいかないというのである。女は男の家に居ることができなくなったが、さりとてこっそり飛び出してきた故郷にも帰れない。「爲君一日恩、誤妾百年身（君が一日の恩の為に、妾が百年の身を誤る）」と言って、女は嘆くという詩である。これらも「新楽府」の諷諭詩であるが、こうした女の人生や恋愛や結婚を詠んだ諸作品が「雨夜の品定」の恰好の材料になっていたのではなかろうかと思う。

「雨夜の品定」に続く空蟬の物語には、桐壺帝に入内を予定されていた空蟬が、父の死によって伊予の介の後妻になったことについて、光源氏と紀伊の守が「世こそ定めなきものなれ」とか「世の中といふもの、さこそ今も昔も定まりたることはべらね。中についても、女の宿世《すくせ》はいと浮かびたるなむあはれにはべる」（「帚木」九六頁）という感想を述べたことが語られた。女の運命は定めないのが気の毒だという彼らの言葉にどれほどの実感があるわけでもないが、この言葉は空蟬だけでなく広く女の人生の定めなさを言い当てていたことは間違いない。ずっと先の物語であるが、朱雀院は女三の宮の婿選びに当って、「女は心よりほかに、あはあはしく人におとしめらるる宿世あるなん、いと口惜しく悲しき」（「若菜上」④二〇頁）とか、「高き際といへども、女は男に見ゆるにつけてこそ、悔げなることも、めざましき思ひもおのづからうちまじるわざなめれと、かつは心苦しく思ひ乱るるを」（同上、三二頁）と、苦衷を吐露していた。

こういう言葉は、「人生まれて婦人の身と作る莫かれ、百年の苦楽は他人に由る」という一句と深く響き合っているのではなかろうか。ひるがえって光源氏に心を惹かれながら拒み続けた空蟬の態度には、「君が一日の恩の為に、妾が百年の身を誤る」という句を教訓としていたところがあるのではないかとも思われる。「新楽府」と「雨夜の品定」、あるいは「帚木」三帖の物語との間には緊密な受容と変奏の様相がうかがわれるように思うのである。

## 四　「新楽府」序と「蛍」巻の物語論

「雨夜の品定」からは離れるが、「新楽府」序文と「蛍」巻の物語論との関わりについても触れておきたい。長雨のころ、光源氏が玉鬘を相手に物語について長広舌をふるう場面であるが、光源氏は大略は次のような物語論を話した。

1物語というものはは事実が書かれているわけではなく、作り話であることは承知しているが、その中にもなるほどそうであろうとしみじみと思わせ、もっともらしく書かれていることだと、たわいもないことと思いながらも、興味のわくものである。

2ありえないことだと思いながら、仰々しい書きぶりを見ると驚き、落ち着いて読み返すと馬鹿ばかしくなるが、それでもふと感心することもある。幼い者が女房に読ませるのを聞いていると、作り話の上手な者が世間にはいるものだと思う。

3とはいえ、物語は神代以来の世の中の出来事を書き記したものであり、日本紀（六国史）などは一面的にすぎず、物語にこそ政道の役にも立ち人生にも詳しいことが書いてある。

4物語は誰それの身の上としてありのままに書くことはないが、世間の人の有様で見たり聞いたりしてそのまま聞き流しにはできないことを、後世にも言い伝えさせたいと思い、心に納めておくことができずに語り始めたものであろう。

5物語はよく言おうとしてはよいところばかりを書いたり、読者の受けをねらって悪いことで珍しい話を取り集めたりするが、どれもみなこの世のことでないものはない。

6外国のものでも作り方は変わらない。内容に深い浅いの違いはあるが、ただ一途に物語は作り話にすぎないと言ってしまっては実情を無視したことになる。仏の教えにも方便ということがあって、悟りのない者はあれこれ疑いを持つが、せんじつめると一つの趣旨になる。よく言えば何ごとも無益なものはない。


（「蛍」③二一一～二一三頁）

ここでは光源氏が物語の価値を揚言しているのであるが、これが作者紫式部の物語論であることは間違いない。そしておそらくこれが物語の実作者としての経験に基づいていたことも間違いない。これを整理してみると、1、2、5が物語の性格や特色についての論で、物語は作り話であり、その書き方は多様であることを述べる。3は物語の歴史と意義について、4は物語の起源について、6は物語の意義について3の論を補足し強化するものになっていると言えよう。

このような物語論がなぜ述べられたのかという点については、阿部秋生氏の次のような見解が有益である。当時の官僚貴族は中国の古代から行われていた文章論、政教主義的効用を重んじる文芸観を身につけてしまっていたから、文学を評論する時には、政教主義的文芸観によるしかなかった。それが彼らの常識であった。「蛍」巻の物語論の中で、紫式部が終始意識して抵抗していた相手もこの文芸観であったろうという。それとともに「紫式部が物語論の中で、最もあらわに抵抗していた直接の相手は、物語は作り話である、「そらごと」である、だから低級なものだという批評である。この批評の裏には、物語のような「そらごと」のないものとして「日本紀」(国史)が意識されていた」という。(15)

作者の置かれた時代の文芸観はそのとおりであったろうし、作者はそうした文芸観―政教主義的文芸観と、物語は「そらごと」だから低級だという批評―を超える文学論としてこのような物語論を述べたというのも、阿部氏の言うとおりであろう。1、2、5の物語の性格や特色についての論は政教主義的文芸観と対立し、それを超える物語文学の意義を述べるものになっている。作り話が人の心を打つという物語のおもしろさを明確に立論した点、画期的であったのである。

しかし、一方で作者は政教主義的文芸観を単純に否定していたわけでもないと思われる。3の「(物語は)神代より世にあることを記しおきけるななり。日本紀などはただかたそばぞかし。これらにこそ道々しくくはしきことはあらめ」(「蛍」二一二頁)という意見は、物語が神代以来この世の出来事を記すという点では日本紀と変わらないというのであり、その上で日本紀より物語の方がまさる点があると言う。「これらにこそ道々しくくはしきことはあらめ」について、阿部氏は「倫理道徳にかなっている」「政道に役に立つ」「人生の教えに詳しい」という意味であるという。これは物語の政教主義的意義を主張するものであろう。それは物語の価値を高めるためのレトリックというより、物語に諷諭の方法を取り入れたことの抱負と自信を語るものであったと解してよい。

右に見てきたように、「雨夜の品定」は「新楽府」を自在に活用する、談義形式の新しい物語を作り出していた。その内容は文字通り風刺や教誡という諷諭の方法を取り入れたものであった。当代の政教主義的文芸観に太刀打ちできる物語の形を示していたのである。「雨夜の品定」は作者にとってそういう野心的で意欲的な新しい物語の創作であったと思われる。そういう自信が「日本紀などはただかたそばぞかし。これらにこそ道々しくくはしきことはあらめ」

という発言になっていたと思われるのである。

そしてそういう発言の裏には、「新楽府」序文の「其の辞質にして径なるは、之を見る者の諭り易からんことを欲すればなり。其の言直にして切なるは、之を聞く者の深く誡めんことを欲すればなり。其の事覈にして実なるは、之を采る者をして信を伝へしめんとてなり」という、白居易の諷諭詩創作の方法に学んだという自負があったのではなかろうか。同時に「君の為、臣の為、民の為、物の為、事の為にして作る」という「新楽府」の文学論が、作者の物語論の恰好の根拠になっていたのではないかと思う。「蛍」巻の物語論はそういう白居易の諷諭の文学論を吸収した論と考えられるし、「雨夜の品定」はそういう「新楽府」の文学論に導かれた早い時期の創作であったと思われる。

**注**

（1）丸山キヨ子『源氏物語と白氏文集』東京女子大学学会、昭和三九年。第二篇第一章「源氏物語に於ける白氏文集受容の概観」。

（2）前掲、丸山著、一一五頁。第四章「諷諭詩その他の影響関係」一九三〜二〇〇頁。

（3）玉上琢彌編『紫明抄河海抄』（角川書店）巻一「料簡」による。以下『河海抄』の引用は同書による。なお表記を読みやすく変えている。以下の注釈書も同様である。

（4）中野幸一編『岷江入楚』（武蔵野書院）巻一「桐壺」による。以下『岷江入楚』の引用は同書による。

（5）『国文註釈全書』五巻（すみや書房、昭和四三年）所収の『細流抄』の説であるが、これは『明星抄』を誤ったもの（伊井春樹「源氏物語古注釈事典」秋山虔編『源氏物語事典』學燈社、平成元年）なので、『明星抄』として。

（6）『国文註釈全書』十三巻所収、『源氏外伝』序文。風化説とは例えば次のような議論である。「且風を移し俗を易るは楽よりよきはなしといへり。此物語に於て音楽の道取分心を止て書置るは此故也。風化の道をつくして人自鼓舞を得。これ此物語の政道に便有所也。云々」。

（7）『紫女七論』は『国文註釈全書』三巻（すみや書房、昭和四二年）所収。

（8）『本居宣長全集』四巻、筑摩書房、昭和四四年。二二二～二三〇頁。宣長の藤壺事件についての批評は次のようである。「まづ藤つぼ中宮との御事は、上にもいへるごとく、恋の物のあはれのかぎりを、深くきはめつくして見せむため也。（中略）あながちなるあひだの恋には、殊に今一きは、あはれのふかきことある物なる故に、ことさらにわりなくあるまじき事のかぎりなる恋を、此御方々のうへに書出て、かたがたもののあはれの深かるべきかぎりを、とりあつめたる物ぞかし。」こういう立場から諷諭説を批判した。

（9）『源氏物語評釈』は前掲『国文註釈全書』二十巻所収。以下『評釈』の引用は同書の「総論」からである。

（10）藤岡作太郎『国文学全史平安朝篇』（明治三八年）は源氏物語を「一つの理想小説」として論じたのに対して、五十嵐力『新国文学史』（明治四五年）は源氏物語は「現実的、自然的、平凡的、精写的、没理想的」であると論じた。五十嵐の論は藤岡への批判であるが、藤岡の論は宣長の「もののあはれ」論、坪内逍遙の写実小説論への批判であったことを野村精一「藤岡作太郎おぼえ書き」(『日本文学研究史論』笠間書院、昭和五八年)が論じている。島津久基『対訳源氏物語講話』一(矢島書房、昭和五年)は批評家、教育家、論文家としての作者を論じるが、その批評は至って教誡的である。

(11) 静永健『白居易「諷諭詩」の研究』勉誠出版、平成一二年。九、一〇、一八頁。

(12) 藤原克己「日本文学史における白居易と源氏物語」(『白居易研究年報』創刊号、二〇〇〇年一二月)。

(13) 2の丸山著。新間一美『源氏物語と白居易の文学』(和泉書院、平成一五年)「第三部源氏物語と白居易の諷諭詩」。中西進『源氏物語と白楽天』岩波書店、一九九七年。

(14) 中国詩人選集・高木正一注『白居易』上(岩波書店、昭和三三年)、解説。次のようにある。「楽府とは、もと漢の時代に音楽をつかさどるところとして設けられた官庁の名であるが、この官庁が作り、または採取した歌謡のたぐいで、楽器の伴奏で演奏された歌そのものをも、のちには官庁の名にちなんで楽府とよぶようになったし、これにならって作られた後世の模倣作をも、同じく楽府という名でよんでいる。」「新楽府とは、つまり今の唐代の新しい歌謡曲という意味である。」(八、九頁)

(15) 阿部秋生『源氏物語の物語論』(岩波書店、一九八五年)、第三章「物語論の背景」。二六八頁他。

# 玉鬘の流離と『白氏文集』「傳戎人」
## ――光源氏と内大臣との狭間で漂う玉鬘の物語の仕組み

西野入篤男

### はじめに

幼くして母夕顔と死別し、乳母に伴われて筑紫へ下向した玉鬘は、大夫監の強引な求婚から逃れて帰京し、長谷寺参詣で母の侍女であった右近と邂逅し、六条院に迎えられるという、極度に移動の激しい流離の女君として知られる。六条院に引き取られてからも、その流離は終わらず、源氏のあやにくな恋の対象となり、精神的流離[1]を経験することとなった。玉鬘を巡る一連の物語には、六条院入りする以前、以後共に流離が構造化されているといえよう[2]。

玉鬘物語は幼神養育譚を祖型とした貴種流離譚の話型を踏襲するものであり[3]、また六条院に引き取られてから展開される、兵部卿宮、鬚黒、柏木などの貴公子による求婚譚には『竹取物語』からの影響も指摘されている[4]。ほかにも、『住吉物語』のような継子譚の話型にも則り[5]、石清水八幡や長谷観音の霊験譚も無視できない枠組みである。(6)以上のことから、玉鬘という女性は多くの話型に絡め取られた存在として理解することができる。

本論では、それら源泉として指摘される先行作品とは別に、玉鬘一行が京に入る直前に豊後介が口ずさむ『白氏文集』「傳戎人」に注目してみたい。「傳戎人」の引用は古注釈書に指摘があるほか、中西進氏、(7)藤原克己氏(8)による論考が出されている。前者は「傳戎人」と物語本文の表現・構造の類似を指摘し、「傳戎人」引用の妥当性を検証し、後者は同じく物語が「傳戎人」引用に至るまで、その展開を用意周到に敷設していたこと、さらに、「傳戎人」の諷諭精神と『源氏物語』に内在する諷諭精神との関わりに言及し、人物造形の中に漢文学的な理念による〈典型化〉を看取する論である。両氏に共通する見解は、引用箇所以前の物語、つまり玉鬘の九州への流離とそこからの脱出に関わる物語において、「傳戎人」が確かにプレテクストとして認められ、機能しているということであろう。だが、果たして「傳戎人」は玉鬘の九州流離の物語まででその役割を終えているのであろうか。以後詳述していくが、玉鬘の九州流離という空間的な流離の下地としてだけ「傳戎人」は機能しているわけではない。血縁集団として内大臣家に属しながらも、家族集団としては六条院に組み込まれ、自己が所属すべき血縁集団への回帰を求めながらも、それが叶わずに苦悩する玉鬘の精神的流離においてこそ、「傳戎《デンジュウジン》人」の「戎《エビス》」が漢族でありながら、蕃国に捕らわれ、蕃人として生きていかねばならなかった苦悩が密接に関連してくるのである。本論は『白氏文集』「傳戎人」が、玉鬘の流離を理解するための有益な視点を提供してくれるプレテクストであり、「傳戎人」との関わりにおいて創造される作品世界を検討するものである。

## 一　九州流離と「傳戎人」

頭中将と夕顔との間に生まれた玉鬘は、三歳の時に母夕顔が行方知れずになり、翌年、夕顔の乳母の夫が太宰少弐になって下向するのに伴われて筑紫に下った。少弐は任地で亡くなるが、この姫君だけは京に連れて帰るようにと遺言する。玉鬘は美しい姫君に育ち、その噂を聞きつけた田舎の好き者たちが求婚してくるが、乳母は受け付けなかった。玉鬘が二十歳になった頃、大夫監という肥後の国の豪族が求婚してくる。その強引な脅迫に近い求婚から逃れるために、乳母は長男の豊後介を説得して、早船を仕立てて都に向かった。大夫監の追跡を恐れながら、ようやく淀川の川尻まで来た時、豊後介が安堵とともに肥前に残してきた妻子のことを思いやり口ずさむ言葉に「傳戎人」が引用される。

心幼くもかへりみせで出でにけるかなと、すこし心のどまりてぞ、あさましきことを思ひ

つづくるに、心弱くうち泣かれぬ。「胡の地の妻児をば虚しく棄て捐てつ」と誦ずるを

（玉鬘巻一〇一頁）[9]

「傳戎人」の一句、「胡地妻兒虛棄捐」を踏まえた豊後介の言葉である。『河海抄』をはじめとする古注釈書が、この箇所に対して『白氏文集』「傳戎人」からの引用を指摘しており[10]、後の研究もそれらに拠って行われている。中西進氏は玉鬘巻の冒頭から、豊後介による引用までを考察対象とし、「周到な用意のもとに行なわれた白詩の引用」であること、そして「〈鄙物語〉ともいうべき部分を意図的に作ったと思われる箇所である」ことを指摘する[11]。さらに、豊後介の境遇と、「傳戎人」本文との対応箇所を指摘し、引用の妥当性を検証している。

また藤原克己氏は玉鬘巻の「傳戎人」引用に、「受領の問題に関わって考えてみるべき点があるように思われる」と指摘し、豊後介の物語について、「太宰少弐の任果てて上京しようにもその旅費に事欠くような廉直な官吏の息子であり、しかも、弟二人はすでに在地の豪族大夫の監の勢力になびいてしまっているなかで、父の遺言をたがえず玉鬘を守りぬこうとした男であるということ、そこに織り込まれたこの物語の、情趣に富んだ人物造形の方法、リアルな社会観察、そして漢文学に支えられた倫理性などを、あわせて押さえておく必要がある」と述べる。藤原氏は「傳戎人」が引用されるに「ふさわしい状況設定が周到になされた上での引用で

ある」とするが、ただし「主題的な関わりが認められるわけではない」と指摘している。藤原氏の言う「主題的な関わり」とは、「傳戎人」が諷諭詩であり、社会批判の精神を歌ったものであるのに対し、『源氏物語』では、社会風刺性が希薄であり、その精神を読み取れるわけではないという意味での指摘であろう。しかし、果たしてそこまで言い切れるであろうか。その疑問を原詩を確認することによって検討してみたい。

## 「傳戎人」の梗概

まず「傳戎人」の梗概を記すと次のようになる。この詩は唐と吐蕃との交戦状態の中で、過酷な運命に翻弄され、二重三重に重なる不幸に陥った男の話である。涼原（現在の甘粛省）出身のこの男は漢人であるが、吐蕃に捕えられ四十年を異国で過ごすこととなる。男は蕃土で妻子を儲けたが、どうしても故郷を忘れることができず、遂に妻子を棄てて蕃土から脱走し、苦しい逃亡生活の末、ようやく漢へとたどり着く。そこで漢軍と巡り会い、故郷へ帰れると思いきや、今度は吐蕃の者と誤認され、蕃人として捕えられてしまう。

少々長文の引用となるが、「傳戎人」引用に『細流抄』は「全篇をみるへし」と指摘している。その指摘に従い原詩を確認することから始めよう。便宜上、いくつかの段落に分け、簡単な解釈を施しながら進めていく。

傳戎人
傳々戎々人々
耳穿面破驅入秦
天子矜憐不忍殺
詔徙東南呉與越
黄衣小使録姓名
領出長安乘傳行
身被金瘡面多瘠
扶病徒行日一驛
朝餐飢渇費盃盤
夜宿腥臊汚床席
忽逢江水憶交河
垂手齊聲嗚咽歌

達窮人之情也[12]
傳戎人　々々々
耳穿《ウカ》たれ面破れて驅《カ》られて秦に入る
天子矜憐《キョウリン》して殺すに忍《シノ》びず
詔して東南の呉と越とに徙《ウツ》す
黄衣の小使姓名を録す
領して長安より出して傳に乘て行く
身は金瘡《キンソウ》を被りて面多く瘠せたり
病を扶《タス》けて徒《カチ》より行くこと日一驛
朝餐飢渇《キカツ》して盃盤を費やす
夜宿腥臊《セイソウ》にして床席を汚す
忽に江水に逢ふて交河を憶ふ
手を垂れ聲を齊《ヒト》しうして嗚咽して歌ふ

語り手からの視点によって、戎人たちの凄惨な様子が語られる。耳には穴をあけられ、顔は破れて長安に追い立てられてきた。戎人たちの様子を見た天子は、殺すのも忍びなく、彼らを東南の呉越地方へ移すことにした。「小使」が帳簿に姓名を書き留め、彼らを宰領して馬車に乗り、呉越地方へと向かう。戎人たちの体は切り傷を受け痩せ枯れている。病を押して歩行するので、一日かかっても僅かに一駅ほどしか進まない。朝飯には飢えの為に貪り喰らい、夜寝るにも生臭い身で寝床を汚すという状態である。揚子江の辺にたどり着いた時、戎人たちは故郷の交河を思い出し、声を合わせて咽び泣く。

其中一虜語諸虜　　其の中に一虜諸虜に語らく
爾苦非多我苦多　　爾か苦は多きに非ず我か苦は多し
同伴行人因借問　　同伴の行人因《ヨ》りて借問すれば
欲説喉中氣憤々　　喉の中の氣《キ》の憤々たるを説かむと欲す

その戎人たちの中の一人の「戎」が「爾か苦は多きに非ず我か苦は多し」という。「同伴の行人」がその理由を尋ねると、大いに弁じ立てるつもりらしいが、喉に憤激の情がつまって言葉も出ない。しばらくして語り始める。

以後、この「戎」の数奇な運命、二重三重に重なる苦悩が詩の中心的話題となる。

自云鄉貫本涼原　　自ら云ふ鄉貫《キヨウカン》は本《モト》涼原なり

大暦年初没落蕃　大暦の年の初に蕃に没落《ボツラク》す
一落蕃中四十載　一たび蕃中に落ちて四十載
遺著皮裘繫毛帯　皮裘著《キ》せて毛帯を繫《カ》け遺めたり
唯許正朝服漢儀　唯正朝に漢の儀服することを許す
斂衣整巾潛涙垂　衣を斂《オサ》め巾を整へて潛《ヒソカ》に涙垂る
誓心密定歸郷計　心に誓ひて密に郷《キョウ》に歸《カヘ》らむ計を定む
不使蕃中妻子知　蕃中の妻子をして知らしめず
暗思幸有殘筋力　暗に思ふ幸に殘《ノコリ》の筋力有れとも
更恐年衰歸不得　更に恐る年の衰へて歸《カヘ》ることを得ざらむことを
蕃候嚴兵鳥不飛　蕃候兵を嚴しくして鳥も飛はず
脱身冒死逃奔歸　身を脱し死を冒《オカ》して逃げ奔《ハシ》り歸る

その「戎」の語るところによれば、「俺の本籍地は涼州であるが、大暦年間に吐蕃に捕獲され、その地で四十年を過ごした。蕃に入り、蕃人同様の身なりをして生活していた。蕃では正月だけ、漢人が漢の身なりをすることが許されたので、俺も衣巾を整えて漢の装いをすると、悲しみに堪えず涙が垂れるばかりであった」と訴える。「斂衣整巾潛涙垂」という一句から、漢の服を着し、漢人としてのアイデンティティを回復するかに見えるが、それが偽りでしかないことを「戎」は痛感し涙を流すしかない。

四十年間苦しみ続けた「戎」は、遂に蕃から逃亡し、故郷へ帰ることを決心する。妻子にも伝えず、蕃の家族を捨てて、鳥も飛べないような蕃人の厳重な見張りの目をくぐり、死の危険を冒して蕃土を抜け出すのである。

晝伏宵行經大漠　　晝《ヒル》は伏し宵は行きて大漠を經《ワタ》る
雲陰月黑風沙惡　　雲陰り月黑《クラ》くして風沙惡し
驚藏青冢寒草疎　　驚きて青冢《セイチョウ》に藏《カク》るれは寒草疎なり
偸渡黃河夜氷薄　　偸《ヒソカ》に黃河を渡れは夜の氷薄し
忽聞漢軍鼙鼓聲　　忽《タチマチ》に漢の軍の鼙鼓《ヘイコ》の聲を聞きて
路傍走出再拜迎　　路傍に走出てて再拜《サイハイ》して迎ふ
游騎不聽能漢語　　游騎《ユウキ》は聽《キ》かず能《ヨ》く漢の語することを
將軍遂縛作蕃生　　將軍は遂に縛ふて蕃の生と作す
配向江南卑濕地　　配せられて江南の卑濕《ヒシツ》の地に向ひて
定無存邮空防備　　定めて存邮すること無くして空しく防備す

念此呑聲仰訴天　　此を念《オモ》ひて聲を呑みて仰きて天に訴ふ

追手に怯えながらの逃亡生活。昼は身を隠し、夜に移動し、砂漠を越え、氷薄い黄河を渡りようやく漢土に辿り着く。忽ちに漢軍の鼓の音を聞き、やっと故郷に帰ることが出来ると走り出て再拝して漢軍を迎えるが、喜んだのも束の間、巡行の騎兵は「戎」が漢語を巧みに話すのにも耳を貸さず、将軍のもとへ突き出したので、将軍は彼を吐蕃人として縛り上げてしまう。そのために、その後江南の卑湿の地に流されて行く。「戎」はこの苦しみを、声を呑んで天に訴えるしかない。

若為將苦度殘年　　若為《イカニ》してか苦を將て殘の年を度《ワタ》らむ
涼原鄕井不得見　　涼原の鄕井《キョウセイ》は見ること得ず
胡地妻兒虛棄捐　　胡の地の妻兒《セイジ》をは虛《ムナ》しく棄捐てつ
沒蕃被囚思漢土　　蕃に沒して囚はれて漢の土を思ふ
歸漢被刧爲蕃虜　　漢に歸ては刧《オビヤカ》されて蕃の虜と爲りたり
早知如此悔歸來　　早く此の如きことを知らましかは歸來することを悔いましや
兩處寧如一處苦　　兩處寧《ムシロ》一處の苦に如《シ》かむや
傳戎人　　傳戎人

戎人之中我苦辛　　戎人之中に我苦辛す
自古此寃應未有　　古より此の寃未だ有らざるべし
漢心漢語吐蕃身　　漢心漢語吐蕃の身

自分は涼州の故郷を再び見ることは叶わず、胡の地の妻子は振り棄ててしまった。吐蕃に囚われている時は漢土を思い続け、漢土に帰ってからは蕃人に誤認された。こんな事と知っていれば帰らなかったものを。脱出などしなければよかったのだ。ここにいる多くの戎たちの中でも、自分の苦しみは殊更にひどい。昔からこれほどの無実の罪に泣いた者はあるまい。心も言葉も漢人でありながら、身は吐蕃人として縛られているのだ。

「兩處寧如一處苦」というように悔いたところで、今となってはどうすることもできないのである。彼にとって蕃土での家族は何であったのか。所詮は偽りの家族でしかなかったということなのだろうか。しかし、そのような境遇は「古より此の寃未だ有らざるべし」と言うように、彼に罪はない。彼は無実の罪によって過酷な境遇へ追いやられた。「漢心漢語吐蕃の身」とは、身と心の分裂であり、しかもその分裂は彼の責任によるのではなく、社会情勢など、当人の力ではどうすることもできない要因によってもたらされた分裂なのである。『白氏文集』「傳戎人」は戦争により、無辜の罪に苦しむ者の、声にならない声を、自注にいうよう、天子に届けようと歌った諷諭詩なのである。非常に物語性に富んだ詩であり、その展開が、九州流離の物語の基底として指摘されてきたわけである。

## 豊後介と「傳戎人」

さて、豊後介の言葉は、自己の境遇と「戎」の境遇を重ねたもので、「漢」を「都」に、「蕃」を「九州」に重ね、辺境の地から脱出をしてきた自分の姿を「傳戎人」の中に見出している。振り返れば豊後介のこれまでの道のりは「戎」と多くの類似点を有している。

大夫監は、肥後に帰り行きて、四月二十日のほどに日取りて来むとするほどに、かくて逃ぐるなりけり　（玉鬘巻九九頁）

かく逃げぬるよし、おのづから言ひ出で伝へば、負けじ魂にて追ひ来なむと思ふに　（玉鬘巻一〇〇頁）

年ごろ従ひ来つる人の心にも、にはかに違ひて逃げ出でにしを　（玉鬘巻一〇一頁）

と、大夫監から逃げ出す箇所に該当するのが、

蕃候嚴兵鳥不飛　　蕃候兵を嚴しくして鳥も飛はず

脱身冒死逃奔歸　　　身を脱し死を冒して奔《ハシ》り逃けて歸る

と、妻子に知らせず、こっそりと逃げ出す箇所に相当し、追手や海賊に脅えながら必死に逃げる箇所は、

晝伏宵行經大漠　　　晝《ヒル》は伏し宵は行きて大漠を經《ワタ》る
雲陰月黑風沙惡　　　雲陰り月黑《クラ》くして風沙惡し
驚藏青冢寒草疎　　　驚きて青冢《セイチョウ》に藏《カク》るれは寒草疎なり
偸渡黄河夜氷薄　　　偸《ヒソカ》に黄河を渡れは夜の氷薄し

と、蕃人に見つからぬように、隠れながらの逃亡生活と同じであろう。

そして、いざ逃げ出してみても、「帰る方とても、そこ所と行き着くべき古里もなし、知れる人と言ひ寄るべき頼もしき人もおぼえず」（玉鬘巻一〇一～一〇二頁）という、行く当てのない境遇は、

游騎不聽能漢語　　　游騎は聽かず能く漢の語することを
將軍遂縛作蕃生　　　將軍は遂に縛ふて蕃の生と作す
……　　　……

没蕃被囚思漢土　蕃に没して囚はれて漢の土を思ふ
歸漢被劫爲蕃虜　漢に歸ては劫《オビヤカ》されて蕃の虜と爲りたり
……　……
漢心漢語吐蕃身　漢心漢の語吐蕃の身

という「蕃」と「漢」の狭間に漂う状態が一致しよう。

物語に引用されている「胡地の妻兒をば虚しく棄て捐てつ」は、妻子を九州に残して密かに上京する豊後介の境遇と重なり、それは次の句にも該当するだろう。

誓心密定歸鄕計　心に誓ひて密に鄕に歸らむ計を定む
不使蕃中妻子知　蕃中の妻子をして知らしめず

こうして見てくると、「傳戎人」の「戎」は豊後介の境遇と重なり、ここまでの物語の基底として位置付けられることが改めて確認される。ただし、先に見たように、従来の研究では、豊後介の境遇を「傳戎人」の「戎」に重ね、九州流離の物語の基底として指摘するに止まっていた。果たして、ここまでの経緯においてしか「傳戎人」は意味をなさないのであろうか。藤原克己氏は「主題的な関わりが認められるわけではない」とする。確かに「達窮民之情也」という諷諭精神を「傳戎人」の主題と取るのであれば、『源氏物語』の当該箇所に、社会批判の精神を読み取ることはできない。しかし、「達窮民之情」ために歌われた「傳戎人」の物語的要素、「蕃」にも「漢」にも自己を位置付けるべき社会を失い苦悩する「戎」と、六条院入りしてから内大臣家と光源氏の六条院の狭間で苦しみ続け、「精神的流離」と言われる流離を経験する玉鬘を関わらせて考えることはできないだろうか。後に詳しく見ていくが、血縁的には内大臣家に属しながら、家族集団としては六条院に引き取られ、それでいて、源氏の妻妾集団には加わらない、中途半端な玉鬘の位置は、「傳戎人」との関連で捉えるべき問題を含んでいると考えられる。そのことによって、玉鬘物語の仕組と、玉鬘の流離に伴う苦悩の実相をより明確に汲み取ることができるのではなかろうか。

**玉鬘と「傳戎人」**

ここまでの経緯を改めて玉鬘との関連で見直してみると、両者に多くの共通点があることに気づかされるのである。

A自云郷貫本涼原　　自ら云ふ郷貫は本涼原なり
大暦年初没落蕃　　大暦の年の初に蕃に没落す

一落蕃中四十載　一たび蕃中に落ちて四十載
B遺著皮裘繫毛帶　皮裘著せて毛帯を繫け遣めたり
唯許正朝服漢儀　唯正朝に漢の儀服することを許す
斂衣整巾潛涙垂　衣を斂《オサ》め巾を整へて潛《ヒソカ》に涙垂る
C誓心密定歸鄉計　心に誓ひて密に鄉に歸らむ計を定む
不使蕃中妻子知　蕃中の妻子をして知らしめず
暗思幸有残筋力　暗に思ふ幸に残の筋力有れとも
更恐年衰歸不得　更に恐る年の衰へて歸ることを得ざらむことを
蕃候嚴兵鳥不飛　蕃候兵を嚴しくして鳥も飛はず
脱身冒死逃奔歸　身を脱し死を冒《オカ》して奔《ハシ》り逃けて歸る
晝伏宵行經大漠　晝《ヒル》は伏し宵は行きて大漠を經《ワタ》る
雲陰月黑風沙惡　雲陰り月黑《クラ》くして風沙惡し
驚藏青冢寒草疎　驚きて青冢《セイチョウ》に藏《カク》るれは寒草疎なり
偸渡黄河夜冰薄　偸《ヒソカ》に黄河を渡れは夜の氷薄し

傍線部Aで、「戎」の出身地は漢の涼州であったが、蕃の捕虜となり、四十年を経た。玉鬘も同じように都に生まれたが、筑紫という鄙びたところに流離して二十年近くをそこで過ごしている。傍線部B「皮裘著《キ》せて毛帯を繋け遣めたり」という蕃人の身なりは、九州での大夫監を思わせる。傍線部Cは、豊後介でも見てきたように、九州を脱出してからの船旅と、都入りしてからの当てのない四ヶ月間の日々である。さらに注意深く読んでいくと、右近との邂逅、そして六条院入りまでの展開に「傳戎人」との類似点を読み取ることができる。次に挙げる場面は、右近と玉鬘の乳母が、玉鬘の処遇について相談している場面である。

（乳母）「かかる御さまを、ほとほとあやしき所に沈めたてまつりぬべかりしに、あたらしく悲しうて、家竈をも棄て、男女の頼むべき子どもにもひき別れてなむ、かへりて知らぬ世の心地する京に参で来し。あがおもと、はや、よきさまに導ききこえたまへ。高き宮仕したまふ人は、おのづから行きまじりたるたよりものしたまふらむ。父大臣に聞こしめされ、数まへられたまふべきたばかり思し構へよ」と言ふ。（玉鬘巻一一四～一一五頁）

（乳母）「大臣の君は、めでたくおはしますとも、さるやむごとなき妻どもおはしますなり、まづ実の親とおはする大臣にを知らせたてまつりたまへ」など言ふ　（玉鬘巻一一五頁）

傍線を引いた箇所から分かるように、乳母は、まず実父内大臣に知らせて欲しいと主張したが、源氏のもとに引き取ることを主張する右近に、その意見は聞き入れられない。この乳母の思いが玉鬘の願いでもあることは、次の一文から明らかであろう。

正身は、ただかごとばかりにても、実の親の御けはひならばこそうれしからめ、いかでか知らぬ人の御あたりにはまじらはむ、とおもむけて、苦しげに思したれど

（玉鬘巻一二四頁）

源氏からの手紙に返事を書く折の玉鬘の心中である。申し訳程度でも、実の親の便りであったら嬉しいであろうに、どうして知りもしない方のもとへ行き、暮らさねばならないのだろうと「苦しげ」な玉鬘の様子である。なぜ右近は玉鬘の意向を無視するような選択をするのか。それは、右近が夕顔によって果たされなかった源氏の妻妾の地位の実現を考えていたからに他ならない。そうした右近の考えは玉鬘巻冒頭に語られていた。

故君ものしたまはましかば、明石の御方ばかりのおぼえには劣りたまはざらまし、さしも深き御心ざしなかりけるをだに、落としあぶさず取りしたためたまふ御心長さなりければ、まいて、やむごとなき列にこそあらざらめ、この御殿移りの数の中にはまじらひたまひなまし、と思ふに、飽かず悲しくなむ思ひける。

（玉鬘巻八七〜八八頁）

右近には、もしも夕顔が生きていれば、六条院に迎えられ、明石御方にも負けないくらいの

寵愛を受けていたはずだという思いがあったのである。さらに次の源氏と右近のやり取りに、玉鬘が六条院に引き取られる理由が端的に表れている。

…（略）…我はかうさうざうしきに、おぼえぬ所より尋ね出だしたるとも言はんかし。すき者どもの心尽くさするくさはひにて、いといたうもてなさむ」など語らひたまへば、かつがついとうれしく思ひつつ、（右近）「ただ御心になむ。大臣に知らせたてまつらむとも、誰かは伝へほのめかしたまはむ。いたづらに過ぎものしたまひしかはりには、ともかくもひき助けさせたまはむことこそは、罪軽ませたまはめ」と聞こゆ。「いたうもかこちなすかな」とほほ笑みながら、涙ぐみたまへり。

（玉鬘巻一二二頁）

ここから次の二点が導き出されよう。まず一点目として、玉鬘を六条院に迎え入れることによって、宮廷社会における六条院の求心力の維持が図られていること。光源氏が「すき者どもの心尽くさするくさはひ」と言うように、彼にとって玉鬘は、宮廷人の関心を六条院に集中させ、その中心性を保証する対社会的な女性として位置付けられたのである。二点目として、夕顔鎮魂が挙げられる。右近の言葉に見られるように、夕顔を虚しく死なせた代わりに玉鬘を助けることが罪滅ぼしになるということ、すなわち、玉鬘を夕顔の娘に相応しく処遇することによって、夕顔の霊を慰めることであった。このような源氏の意向、そして右近の思惑が、玉鬘を六条院に引き取ることを主張する右近の根拠であった。そして、そのような彼女の態度は、「傳戎人」の一句「游騎不聽能漢語（游騎は聴かず能く漢の語することを）」という、「戎」の主張に耳を貸さない「游騎」の態度と重なるものであろう。

## 玉鬘物語と「傳戎人」

ここでこれまでの論点をまとめつつ、この後の論述の指標を示すこととしたい。玉鬘物語と「傳戎人」の両者の最初に挙げられる類似点として〈空間移動〉がある。「傳戎人」では「戎」が漢から蕃、そして再び漢へと移動するのと同様、玉鬘は都から九州、そして都へと移動している。この点は、これまで見てきた九州への流離と、そこからの脱出である。以下の点は、以後の考察で詳述していくが、〈自己の素性とは異なる生活〉を類似点として挙げることができよう。これは「戎」が漢人であるが、蕃人として生活したのと同様、玉鬘は内大臣の娘であるが、光源氏の娘として六条院で生活することとなった点である。六条院入りする前の九州流離では、「漢」が「都」に、「蕃」が「九州」に相当するが、六条院入り後は、「漢」が内大臣家に、「蕃」が六条院に相当し、「傳戎人」でいうところの蕃土での生活が新たに繰り返されることとなる。また、〈二つの場所に自己を位置付けられない境遇〉も見逃すことができない類似点である。「戎」は蕃で苦しみ、漢で蕃人として捕えられてしまう。玉鬘は尚侍出仕に伴い、世間に素性を明かすが、実父・養父のどちら側にも自己を位置づけられなかった。世間に素性を明かし、内大臣の娘として本来帰属すべき社会（血縁集団）へ戻ることとなるはずであった玉鬘が、そうはならなかったのである。さらに〈罪なき流離〉を挙げることができる。「戎」の流離は戦争という社会情勢によるものであり、自己の責任によりもたらされたものではない。一方で玉鬘の流離も、周囲の思惑に翻弄された結果であり、玉鬘自身に罪はないと言えるだろう。そして何よりこの両者の流離は〈終わりなき流離〉であった。「漢心漢語吐蕃身（漢心漢語吐蕃の身）」という「戎」の言葉にならない苦しみ、身と心の分裂は、内大臣家と六条院の狭間で苦悩する玉鬘を端的に表象する言葉であるように思われる。

ただし、類似点のみに囚われていては、『源氏物語』の独自性を見失うこととなろう。『源氏物語』と「傳戎人」の相違点にも注意を払う必要がある。「傳戎人」で「戎」は「国」の間を彷徨うが、玉鬘物語においては「家」の問題にずらされており、六条院と内大臣家の間を彷徨うこととなる。また、「傳戎人」で流離を経験するのは「戎」という「男」であるが、玉鬘は「女」にずれることとなる。「傳戎人」を媒介に玉鬘物語を読むことで、二つの「家」の間を彷徨う、「女」の物語という一面が前景化されることとなり、そこに「傳戎人」とは異なる『源氏物語』独自の主題性が創造されていると言えるだろう。以上の点に注目しながら順を追って玉鬘物語の全体を見ていくことにする。

## 二　六条院での生活――「くさはひ」としての捕囚生活

血縁的には内大臣家に属する玉鬘であるが、世間には光源氏の実の娘として六条院に引き取られた。「すき者どもの心尽くさするくさはひ」とすることを目的に引き取られた玉鬘は、六条院で新たな流離を経験することとなる。玉鬘の置かれた苦しい境遇、その要因を「傳戎人」と関連させながら考えていく。

素性が明かされるまでの六条院での生活は、「傳戎人」で次の箇所に該当する。

自云鄉貫本涼原　　自ら云ふ鄉貫は本涼原なり
大曆年初沒落蕃　　大曆の年の初に蕃に沒落す
一落蕃中四十載　　一たび蕃中に落ちて四十載
遣著皮裘繫毛帶　　皮裘著せて毛帶を繫け遣めたり
唯許正朝服漢儀　　唯正朝に漢の儀服することを許す
斂衣整巾潛淚垂　　衣を斂《オサ》め巾を整へて潛《ヒソカ》に淚垂る

蕃に捕虜として捕らえられてしまった「戎」は、漢人であるが、蕃人として生活しなければならなかった。同様の状況が玉鬘の身にも降りかかる。

親の顔はゆかしきものとこそ聞け、さも思さぬか（玉鬘巻一二九頁）

いささかも他人と隔てあるさまにものたまひなさず、いみじく親めきて（玉鬘巻一三〇頁）

親子の仲のかく年経たるたぐひあらじものを、契りつらくもありけるかな（玉鬘巻一三〇頁）

玉鬘と初対面した折の源氏は、彼女に対し親としての立場を強調し、玉鬘に実の娘として振舞うことを強要している。世間に対しても、玉鬘を源氏の娘として公表したために、後に玉鬘は、多くの矛盾した状況下に置かれることとなり、まとめると次のようになる。

a　実父が生存しているにも関わらず養父を持つ
b　実の姉でありながら、内大臣家の子息達に恋心を抱かれる
c　血の繋がりのない夕霧に、実の姉としての扱いを受ける
d　光源氏の娘として振る舞うことを強要されながら、時として恋人関係を求められる

三谷邦明氏が「自己同一性を見出しえない玉鬘の実存」[13]と捉えた玉鬘の有り様は、蕃に捕えられた「戎」に類似する境遇であった。涼州（漢）に生まれながら、蕃人として生活しなくて

はならなかった「戎」は、自己同一性を見出すことが出来ず、常に自分を位置付ける場所として漢を思う。蕃から逃げ出す時、蕃土で儲けた家族を置いて逃げ出す点に、蕃が「戎」にとって、自己を位置付ける場所でなかったことが端的に表れている。同じく玉鬘は自己の置かれた境遇の居心地の悪さを感じていた。特に玉鬘を苦しめた状況が、養父でありながらその立場を一貫せずに、玉鬘に慕情を訴え、愛人関係を迫る光源氏の行動であった。源氏の恋慕に困惑し、実父内大臣を思うという図式は、物語の中で繰り返されるが、中でも印象的な一場面を見ておきたい。胡蝶巻で慕情を告白する源氏と、それを受けた玉鬘の心情が語られる場面である。

（源氏）「橘のかをりし袖によそふればかはれる身ともおもほえぬかな

世とともの心にかけて忘れがたきに、慰むことなくて過ぎつる年ごろを、かくて見たてまつるは、夢にやとのみ思ひなすを、なほえこそ忍ぶまじけれ、思し疎むなよ」とて、御手をとらへたまへれば、女かやうにもならひたまはざりつるを、いとうたておぼゆれど、おほどかなるさまにてものしたまふ。

（玉鬘）袖の香をよそふるからに橘のみさへはかなくなりもこそすれ

むつかしと思ひてうつぶしたまへるさま、いみじうなつかしう、手つきのつぶつぶと肥えたまへる、身なり肌つきのこまやかにうつくしげなるに、なかなかなるもの思ひ添ふ心地したまうて、今日はすこし思ふこと聞こえ知らせたまひける。女は心憂く、いかにせむとおぼえて、わななかるる気色もしるけれど、（源氏）「何か、かく疎ましとは思いたる。いとよくもて隠して、人に咎めらるべくもあらぬ心のほどぞよ。さりげなくてをもて隠したまへ。浅くも思ひきこえさせぬ心ざしに、また添ふべければ、世にたぐひあるまじき心地なんするを。このおとづれきこゆる人々には、思しおとすべくやはある。いとかう深き心ある人は世にありがたかるべきわざなれば、うしろめたくのみこそ」とのたまふ。いとさかしらなる御親心なりかし。雨はやみて、風の竹に生るほど、はなやかにさし出でたる月影をかしき夜のさまもしめやかなるに、人々は、こまやかなる御物語にかしこまりおきて、け近くもさぶらはず。常に見たてまつりたまふ御仲なれど、かくよきをりしもありがたければ、言に出でたまへるついでの御ひたぶる心にや、なつかしいほどなる御衣どものけはひは、いとよう紛らはしすべしたまひて、近やかに臥したまへば、いと心憂く、人の思はむこともめづらかに、いみじうおぼゆ。実の親の御あたりならましかば、おろかには見放ちたまふとも、かくざまの憂きことはあらましやと悲しきに、つつむとすれどこぼれ出でつつ、いと心苦しき御気色なれば

（胡蝶巻一八六～一八八頁）

一雨降った後のしめやかな夕方、玉鬘のもとを訪れた源氏は、玉鬘の姿にふと夕顔を思い出

し玉鬘に自分の恋情を、「橘のかをりし袖によそふれば」と、夕顔にかこつけて訴える。それに対し玉鬘は波線部のように「いとうたておぼゆ」、「むつかしと思ひて」、「女は心憂く、いかにせむとおぼえて」と困惑するが、源氏はさらに「なつかしいほどなる御衣どものけはひは、いとよう紛らはしすべしたまひて、近やかに臥したまへば」と、玉鬘の旁らに添い伏す。辛い境遇に追いやられた玉鬘は、「実の親の御あたりならましかば」と、父の元にいればこんな苦しみを経験せずにすんだと思う。玉鬘の思考の中心は、「戎」にとっての郷里と同様に、自己のルーツである内大臣にある。まさに玉鬘にとっての六条院とは、物語表層で展開する華やかな世界とは裏腹に、「傳戎人」でいうところの蕃土に他ならないのである。玉鬘の生き様に内在する「傳戎人」を通して物語を読み返した時、光源氏によって営まれる擬似的な王権世界の翳りを読み取ることまでできるのではなかろうか。

さて、物語が進むにつれ、玉鬘が尚侍として出仕する話が持ち上がってくる。そして尚侍出仕に伴い、玉鬘の素性がついに世間に明らかにされる時がやってくるのである。その物語は、蕃国を脱出し、漢へ戻る「戎」に重なる展開であった。

## 三　素性の開示―帰属を失う悲劇性

「傳戎人」で「戎」は、苦難の末に漢に辿り着き、漢軍に出会う。しかし、喜んだのも束の間、彼は蕃人として捕らえられてしまった。

忽聞漢軍鼙鼓聲　　忽に漢の軍の鼙鼓の聲を聞きて
路傍走出再拜迎　　路傍に走出てて再拝して迎ふ
游騎不聽能漢語　　游騎は聽かず能く漢の語することを
將軍遂縛作蕃生　　將軍は遂に縛ふて蕃の生と作す

玉鬘は尚侍出仕に伴い、内大臣に素性を明かすこととなる。これは本来属すべき血縁集団に帰ることを意味するはずであった。しかし、玉鬘は内大臣から父親として積極的に受け入れてもらえないのである。素性を明かしたことにより、実の姉弟である柏木からは恨み言を言われ、義理の姉弟である夕霧からは、恋情を訴えられる事態なども生じている。

玉鬘のことを源氏に打ち明けられた内大臣は、源氏が玉鬘を引き取った経緯に納得がいかず、愛人関係が生じているのではないかと様々な憶測を加えるが、いずれにせよ「ともかくも思ひよりのたまはむおきてを違うべきことかは、とよろづに思しけり」（行幸巻三一〇〜三一一頁）とあり、源氏の意向を呑む以外はないという結論に達する。また、玉鬘の裳儀の場面では、「ただ御もてなしになん従ひはべるべき」（行幸巻三一九頁）と、玉鬘の処遇を、光源氏に一存する意向を示す。このような内大臣の態度の主要な理由は、後宮の情勢と密接に関わっていた。それが、続く藤袴巻冒頭の玉鬘の心内語に表れている。素性の開示が玉鬘の幸福に繋がらなかったことは、藤袴巻冒頭に玉鬘の心内語を通して読者に開示されることとなり、これまでの物語でも見え隠れしていた、玉鬘の社会的に不安定な位置が、改めて問い直される格好になっているのである。

尚侍の御宮仕のことを、誰も誰もそのかしたまふも、いかならむ、親と思ひきこゆる人の御心だにうちとくまじき世なりければ、ましてさやうのまじらひにつけて、心よりほかに便なきこともあらば、中宮も女御も、方々につけて心おきたまはば、はしたなからむに、わが身はかくはかなきさまにて、いづ方にも深く思ひとどめられたてまつるほどもなく、浅きおぼえにて、ただならず思ひ言ひ、いかで人笑へなるさまに見聞きなさむとうけひたまふ人々も多く、とかくにつけて安からぬことのみありぬべきを、もの思し知るまじきほどにしあらねば、さまざまに思ほし乱れ、人知れずもの嘆かし。

さりとて、かかるありさまもあしきことはなけれど、この大臣の御心ばへのむつかしく心づきなきも、いかなるついでにかは、もて離れて、人の推しはかるべかめる筋を、心清くもありはつべき、実の父大臣も、この殿の思さむところを憚りたまひて、うけばりてとり放ち、けざやぎたまふべきことにもあらねば、なほ、とてもかくても見苦しうかけかけしきありさまにて心を悩まし、人にもて騒がるべき身なめり、となかなかこの親尋ねきこえたまひて後は、ことに憚りたまふ気色もなき大臣の君の御もてなしを取り加へつつ、人知れずなん嘆かしかりける。

思ふことを、まほならずとも、片はしにても、うちかすめつべき女親もおはせず、いづ方もいづ方も、いと恥づかしげにいとうるはしき御さまどもには、何ごとをかは、さなむかくなんとも聞こえ分きたまはむ、世の人に似ぬ身のありさまをうちながめつつ、夕暮の空あはれげなるけしきを、端近うて見出だしたまへるさまいとをかし

（藤袴巻三二七〜三二八頁）

傍線部を中心に考えると、玉鬘の苦慮は次のようにまとめることが出来る。まず、冷泉後宮には既に、六条院からは秋好中宮が、内大臣家からは弘徽殿女御が入内しており、仮に寵愛を受けるような事態になると、養父・実父の両家に対して具合が悪い。その結果、光源氏、内大

臣のどちらからも確たる後見を期待できなくなる。さらに、素性を明かしてからというもの、養父であったはずの光源氏は、周りを憚ることなく懸想してくるようになり、一方実父である内大臣は、光源氏の意向に遠慮し、堂々と自分を引き取り、はっきりと娘扱いしてくれない。そして、これらは口に出して訴えることが出来ない苦悩であった。

後宮の情勢は夕霧の口からも語られている。

さても人ざまは、いづ方につけてかは、たぐひてものしたまふらむ。中宮かく並びなき筋にておはしまし、また弘徽殿やむごとなくおぼえことにてものしたまへば、いみじき御思ひありとも、立ち並びたまふこと難くこそはべらめ。（藤袴巻三三四〜三三五頁）

「立ち並びたまふこと難くこそはべらめ」とあるように、秋好中宮、弘徽殿女御が並び立つ冷泉後宮において、玉鬘が出仕し寵愛を受けることがあったとしても、それが彼女の社会的地位の獲得には繋がり難いことが理解される。何故このような不都合な状況に玉鬘は陥らねばならなかったのか。それは、玉鬘を我が物にしようとする光源氏の思惑によっていたのである。

さば、また、さてここながらかしづき据ゑて、さるべきをりをりにはかなくうち忍び、ものをも聞こえて慰みなむや、かくまだ世馴れぬほどのわづらはしさにこそ心苦しくはありけれ、おのづから、関守強くとも、ものの心知りそめ、いとほしき思ひなくて、わが心も思ひ入りなば、繁くとも障らじかし、と思しよる、いとけしからぬことなりや

（常夏巻二三五頁）

傍線部は、六条院に置いて世話をしながら、玉鬘に婿を迎え、その隙に逢瀬を遂げようという源氏の思惑である。語り手にまで「いとけしからぬことなりや」と非難される源氏の内面である。この延長に玉鬘の出仕が位置していることは明らかであり、里下りの折にでも逢瀬を遂げようという魂胆であった。そんな源氏の思惑は、夕霧によって暴かれることとなる。

「年ごろかくてはぐくみきこえたまひける御心ざしを、ひがざまにこそ人は申すなれ。かの大臣もさやうになむおもぶけて、大将のあなたざまのたよりに気色ばみたりけるにも、答へたまひける」

（藤袴巻三三六頁）

夕霧は源氏が玉鬘を愛人扱いするという世間の噂と、内大臣も世間同様に源氏と玉鬘の関係を普通の関係ではないと疑っていると言って、源氏に迫った。

「内々にも、やむごとなきこれかれ年ごろを経てものしたまへば、えその筋の人数にはものしたまはで、棄てがてらにかく譲りつけ、おほぞうの宮仕の筋に領ぜむと思しおきつる、

いと賢くかどあることなりとなんよろこび申されけると、たしかに人の語り申しはべりしなり」

（藤袴巻三三六〜三三七頁）

源氏は玉鬘を実父の自分に押しつけた上、表向きは尚侍にして出仕させながら、その実、愛人関係を保とうとしている、実に賢いはかりごとだと、内大臣が感謝して話していたと、皮肉をこめて問いつめるのである。源氏はこれらの夕霧の言葉を一笑に付すが、実際は彼の本心を突く言葉であった。源氏の反応は以下のようである。

げに、宮仕の筋にて、けざやかなるまじく紛れたるおぼえを、かしこくも思ひよりたまひけるかなとむくつけく思さる。

（藤袴巻三三七頁）

尚侍出仕の話は、以上のような源氏の思惑を底流させながら進んでいたのであった。こうした状況下で、六条院にも、内大臣家にも自己を位置付ける場所を失っている玉鬘の境遇は、「忽聞漢軍鼙鼓聲（忽に漢の軍の鼙鼓の聲を聞きて）」から「傳戎人」最後の一文、「漢心漢語吐蕃身（漢心漢の語吐蕃の身）」に共通する境遇であると言える。蕃国で故郷を思い続け、帰国するや蕃人として捕えられてしまう「戎」の、あの救いのない境遇と、言葉にならない苦渋の思いが想起されるのである。こんなことになるのであれば、いっそ帰らない方がよかった。二つの地で苦しむよりも一つの地で苦しんだ方がよっぽどましだ。この多くの捕虜たちの中でも私は殊更苦しみがひどい。昔から私ほど無実の罪に泣く者はいない。心も言葉も漢人でありながら、身は蕃人として捕らえられているのだ。

「戎」の苦しみは、玉鬘の苦しみでもある。源氏のもとでは自己の帰属すべき場所を内大臣に求め、そこに戻れば自分の確たる居場所を見出すことができると思い、一身にそれを願った。しかし、素性が明かされても、玉鬘の思うようにはならない。内大臣は玉鬘を娘として引き受けず、源氏の娘としての対応をとり、一方源氏は素性を明かしてから後、周りを憚らずに懸想してくるようになっている。玉鬘は救いのない境遇に置かれている。もちろん玉鬘は「戎」同様、彼女自身に何の責任もない。源氏の思惑に翻弄されて苦しい境遇に陥っているのである。尚侍出仕に伴い、玉鬘の不安定な位置がはっきりと表れるのだが、ただし、この話に玉鬘はわずかに主体的な一面を見せる時があった。冷泉後宮に出仕することにより生じる問題を理解しながらも、冷泉帝への宮仕えに心を動かした。それは冷泉帝へのささやかな恋心であった。大原野行幸で冷泉帝を見る玉鬘は次のように語られる。

西の対の姫君も立ち出でたまへり。そこばくいどみ尽くしたまへる人の御容貌ありさまを見たまふに、帝の、赤色の御衣奉りてうるはしう動きなき御かたはら目に、なずらひきこゆべき人なし。…（中略）…源氏の大臣の御顔ざまは、別物とも見えたまはぬを、思ひなしのいますこしいつかしう、かたじけなくめでたきなり。

（行幸巻二九〇～二九一頁）

大原野行幸で冷泉帝を見た玉鬘は、源氏とそっくりな顔立ちであるが、「思ひなしのいますこしいつかしう、かたじけなくめでたきなり」とあるように、帝の方が一際威厳があって、恐れ多く立派に見えていた。冷泉帝を見た玉鬘は出仕に対し以下のように思う。

馴れ馴れしき筋などをばもて離れて、おほかたに仕うまつり御覧ぜられんは、をかしうもありなむかしとぞ思ひよりたまうける

（行幸巻二九二頁）

表には出さずとも、その内面では確かに尚侍出仕を希望していたのであった。翌日源氏は、冷泉帝を御覧になって出仕する気になりましたかという趣旨の手紙を玉鬘に送る。それに対する玉鬘の反応は次のようである。

「あいなのことや」と笑ひたまふものから、よくも推しはからせたまふものかなと思す。

（行幸巻二九四頁）

玉鬘は確かに出仕を夢見ている。自己を取り巻く状況に流され、自己を押さえつけ生きてきた玉鬘が、わずかに見せた主体的な思いであったのである。しかし物語はその思いすら裏切る形で、玉鬘に流離の人生を課したのである。

## 四　玉鬘物語の結末――鬚黒との結婚

真木柱巻において、玉鬘物語は急展開を見せる。玉鬘が鬚黒大将の手に落ちたことが何の説明もなく、既成の事実として語られる。玉鬘を手に入れた鬚黒とは、どのように物語に位置付けられていた人物であったのか。大原野行幸での鬚黒評は次のようなものであった。

右大将の、さばかり重りかによしめくも、今日の装ひいとなまめきて、胡簶など負ひて仕うまつりたまへり、色黒く鬚がちに見えて、いと心づきなし。いかでかはつくろひたてたる顔の色あひには似たらむ、いとわりなきことを、若き御心地には見おとしたまうてけり。

（行幸巻二九二頁）

六条院に「すき者どもの心尽さするくさはひ」として引き取られた玉鬘には、源氏の意図した通り多くの求婚者が現れた。その中の一人にこの鬚黒大将も入っていたが、玉鬘の目には

「色黒く鬚がちに見えて、いと心づきなし。……若き御心地には見おとしたまうてけり」というように、求婚者の中で最も嫌悪していた人物であった。では、玉鬘を手中にした鬚黒と「傳戎人」とを照らし合わせると、いかなる人物として浮かび上がるのか。浮上するのは、実に境界的な人物像である。まず、近い将来、東宮の外戚として次代の政界を担う重要な存在である鬚黒は、源氏や内大臣と同じく都に住む貴族であり、それは「傳戎人」で言うところの「漢」的な属性を有した人物と言える。しかし、一方で「色黒く鬚がち」といわれるような、反貴族的な身体的特徴や、相手の意を介さない強引な行動、謹厳実直で貴族的な「雅」の欠片もない性格は「傳戎人」で言うところの「蕃」の位相にある人物である。源氏、内大臣の生活圏内で居場所を失っていた玉鬘は、このような両義的・境界的な人物に奪われることによってしか、社会的地位を獲得できないのであった。「傳戎人」は漢でも蕃でもない第三国へ移ることはない。新たな場所の獲得は、「傳戎人」の枠組みと大きく異なるところである。しかし、新たな場所の獲得が、彼女の幸福に繋がることはない。玉鬘の身と心は依然分裂している。玉鬘とお付の女房たちの視点のずれを確認しておこう。

よき表の御衣、柳の下襲、青鈍の綺の指貫着たまひてひきつくろひたまへる、いとものものし。などかは似げなからむと人々は見たてまつるを、尚侍の君は、かかることどもを聞きたまふにつけても、身の心づきなう思し知らるれば、見もやりたまはず。

（真木柱三七七頁）

北の方のもとへ向かう鬚黒を見る女房は「などかは似げなからむ」と思うが、玉鬘は「見もやりたまはず」という態度を示している。女房達の視点が捉えるように、社会的に考えれば、将来、政治的中心人物になるであろう鬚黒との結婚は決して悪いものではない。しかし、玉鬘は鬚黒を否定し続け、それは物語に繰り返し語られることとなる。そのような状況の中、玉鬘は尚侍として参内するが、気が気でない鬚黒は頻りに退出を促し、その折に強引に玉鬘を自邸に連れ帰ってしまうのであった。玉鬘物語は、鬚黒という求婚者の中で最も嫌悪していた相手との結婚と、その結婚相手によって玉鬘の願いが退けられることによって幕を下ろす。玉鬘の期待の地平をその都度閉ざすことで、彼女の心の流離に終わりのないことを形象し(14)、物語において玉鬘の流離は徹底されるのであった。

## まとめ

果たして玉鬘物語にこうした決着以外の結末はなかったのだろうか。もちろん、可能性としていくつか別の結末を想定することはできる。しかし、物語は周到にその他の結末の方向性を絶っていたのである。いくつか例を挙げれば、まず九州流離の後、六条院ではなく内大臣家に引き取られたことが考えられる。しかし、この可能性としてあった物語展開は、もう一人の姫君である近江の君によって描かれ、決して幸福とは言い難い物語を形成していた。また、次の一文には二つの可能性が示されている。

限りなき心ざしといふとも、春の上の御おぼえに並ぶばかりは、わが心ながらえあるまじく思し知りたり。さてその劣りの列にては、何ばかりかはあらむ、わが身ひとつこそ人よりはことなれ、見む人のあまたが中にかかづらはむ末にては、何のおぼえかはたけからむ、ことなることなき納言の際の、二心なくて思はむには、劣りぬべきことぞ、とみづから思し知るに、いといとほしくて、宮、大将などにやゆるしてまし、さてもて離れ、いざなひ取りては、思ひも絶えなむや、言ふかひなきにて、さもしてむ、と思すをりもあり。

（玉鬘巻二三四〜二三五頁）

ここに提示される可能性としての玉鬘の処遇は、源氏が自分の妻として玉鬘を迎えることと、兵部卿宮や鬚黒大将などの妻とすることとである。前者に関しては、源氏自身が玉鬘を紫の上と同等に扱えず、第二、第三夫人となるよりは、他の人の北の方になった方が玉鬘の幸福に繋がると考えていた。後者の「宮」の妻となった場合、尚侍出仕と同様、隙を見て逢瀬を遂げようという源氏の邪な思惑に翻弄されることがないとはいえないであろう。しかし、そうした幾つかの選択肢の中から選ばれた、鬚黒大将という最も嫌悪していた人物との結婚は、源氏の欲望を制する方向に機能するのである。

いとかう思したるさまの心苦しければ、思すさまにも乱れたまはず、ただあるべきやう、御心づかひを教えきこえたまふ。（真木柱巻三五六頁）

不本意な結婚に痛々しいほど鬱ぎ込む玉鬘の姿に、無体に振る舞うこともできず、恋の葛藤に悩む光源氏の姿が語られるのであった。

さて、鬚黒邸へと移ることとなった玉鬘は、六条院での生活を懐かしみ、その思いが繰り返し語られる。一例を挙げておこう。

（源氏）「かきたれてのどけきころの春雨にふるさと人をいかにしのぶや
つれづれに添へても、恨めしう思ひ出でらるること多うはべるを、いかでかは聞こゆべからむ」などあり。

隙に忍びて見せたてまつれば、うち泣きて、わが心にもほど経るままに思ひ出でられたまふ御さまを、まほに、「恋しや、いかで見たてまつらん」などはえのたまはぬ親にて、げに、いかでかは対面もあらむとあはれなり。時々むつかしかりし御気色を、心づきなう思ひきこえしなどは、この人にも知らせたまはぬことなれば、心ひとつに思しつづくれど、右近はほの気色見けり。いかなりけることならむとは、今に心得がたく思ひける。御返り、（玉鬘）「聞こゆるも恥づかしけれど、おぼつかなくやは」とて、書きたまふ。

「ながめする軒のしづくに袖ぬれてうたかた人をしのばざらめや

ほどふるころは、げにことなるつれづれもまさりはべりけり。あなかしこ」とゐやゐやしく書きなしたまへり。

（真木柱巻三九一～三九二頁頁）

繰り返し語られる、玉鬘の源氏への思い、六条院での生活を懐古する思いは、六条院の理想性が改めて確認される場面となっている。しかし、「傳戎人」との関連で考えるのであれば、それは単に六条院の理想性を強化することに直結しない。というのも、

早知如此悔歸來　　早く此の如きことを知らましかは歸來することを悔いましや

兩處寧如一處苦　　兩處寧一處の苦に如かむや

に共通する思いとして読み取ることが出来るからである。こんな事になるのであれば、いっそ

蕃に残れば良かったという心情と共通する思いである。再び「戎」の苦悩の言葉を思い返してみたい。

念此呑聲仰訴天　此を念ひて聲を呑みて仰きて天に訴ふ
若為將苦度殘年　若為《イカニ》してか苦を將て殘の年を度《ワタ》らむ
涼原鄕井不得見　涼原の鄕井《キョウセイ》は見ること得ず
胡地妻兒虚棄捐　胡の地の妻兒をは虚しく棄捐てつ
沒蕃被囚思漢土　蕃に沒して囚はれて漢の土を思ふ
歸漢被劫爲蕃虜　漢に歸ては劫《オビヤカ》されて蕃の虜と爲りたり
早知如此悔歸來　早く此の如きことを知らましかは歸來することを悔いましや
兩處寧如一處苦　兩處寧一處の苦に如かむや
傳戎人　傳戎人
戎人之中我苦辛　戎人之中に我苦辛す
自古此冤應未有　古より此の冤未だ有らざるべし
漢心漢語吐蕃身　漢心漢の語吐蕃の身

「傳戎人」の「兩處寧如一處苦」という句は、文脈通りに取れば蕃にいれば良かったという意味になろうが、蕃に残れば良かったと言っても、その世界は彼に故郷を思わせ続けるのであり、「戎」の苦悩が解消されるわけではない。玉鬘の六条院への思いは、結果論でしかなく、彼女の苦悩を根本から解決することには繋がらないのである。

玉鬘は鬚黒との結婚によっても、「漢心漢語吐蕃身」という「戎」と同様に身と心との分裂状態に終止符を打つことはできなかったのであり、終わることのない流離を生き続けるのである。『源氏物語』は「傳戎人」の「漢心漢語吐蕃身」という帰属すべき社会を奪われた「戎」の悲劇を換骨奪胎し、家の狭間で揺れる女の心の流離の物語として、独自の位相に再生させたのだと考えられる。

注

（1）三谷邦明「玉鬘十帖の方法」『物語文学の方法II』有精堂出版、一九八九年。日向一雅「玉鬘物語の流離譚の構造」『源氏物語の準拠と話型』至文堂、一九九九年。

（2）日向一雅「玉鬘物語の流離譚の構造」『源氏物語の準拠と話型』至文堂、一九九九年。

（3）小林茂美「玉鬘物語論」『源氏物語論序説』桜楓社、一九七八年。三谷邦明「玉鬘十帖の方法」前掲。

（4）「共同討議・玉鬘十帖を読む」（『国文学』32―13、一九八七年一一月）での、後藤祥子氏の発言など。山田利博「玉鬘の流離と幸運―玉鬘と以後の巻々―」『源氏物語講座』3、勉誠社、一九九二年。

（5）藤村潔「継子物語としての玉鬘物語」『古代物語研究序説』笠間書院、一九七七年

（6）右近との邂逅は、諸書に長谷寺の霊験として理解されている。

（7）中西進「玉鬘」『源氏物語と白楽天』岩波書店、一九九七年。

（8）藤原克己「白詩諷諭詩の引用をめぐって」『国文学』44―5、一九九九年四月。

（9）本文の引用は『新編日本古典文学全集』（小学館）により、巻名・頁数を記した。

（10）『源氏釈』以下『奥入』『紫明抄』『河海抄』『花鳥余情』『弄花抄』『細流抄』『孟津抄』『萬水一露』『岷江入楚』に指摘があるが、（中野幸一『岷江入楚』武蔵野書院、一九八六年）の注を引いておく。

河　涼原郷井不得見胡地妻児虚棄捐 白氏文集 縛戎人

花　豊後介わかめこを残しおく事を思ひて此句を誦したる也

秘　豊後介のありさま文集縛戒人詩の心によく相似たり全篇をみるへし

弄　従漢攻胡之時漢人止胡不得帰漢軍敗之故也後又従漢攻胡之時止胡之人欲帰漢也此時棄胡妻子而漢不入彼人剰囲之号敵国住人也仍両国無便之意叶物語喩云々

私文集縛戎人詞也 以上弄

此心ハ漢ヨリ胡国ヲ攻ラレシニ漢ノ軍破シテ多ク胡国ニ止タリ　サテ多年居ツキテ妻子ナトモ有リ　其後又漢ヨリ胡ヲ攻ラレシ時此者共漢へ帰リタク思ヒテ胡国ニテ持タル妻子ヲ棄テ出タレハ漢ノ方ヘ久シク敵国ニ住タル者也トテ寄ナンダゾ結句囲ヅナトシタソ

豊後介か筑紫の住ナシタル所ヲモ離レ又都モ故郷ナカラ久シク在国シタレハ便モアルマ

シキ事ニ比シタル也

(11) 中西進「玉鬘」『源氏物語と白楽天』前掲。

(12) 本文・書き下し文は太田次男、小林芳規著『神田本白氏文集の研究』(勉誠社、一九八二年二月)から引用。書き下しで分かりづらい箇所は改めた。

(13) 三谷邦明「玉鬘十帖の方法」前掲。

(14) 日向一雅「玉鬘物語の流離譚の構造」前掲。

# 道真と省試詩——近体詩から古体詩の創出へ

李　宇玲

菅原道真は、長年の苦学を経て、貞観四年（八六二）の五月、文章生試《もんじょうしょうし》に合格した。詩人が十八歳の年であった。文章生試とは、文人官僚の予備軍となる文章生《もんじょうしょう》を選抜するための試験であり、平安時代では、相当の難関とも言われ、十八歳の及第は、かなりの早さだったらしい。『菅家文草』の巻三に、「重陽《ちょうよう》の日、府衙《ふが》にて小飲す」と題された一首がある。讃岐に赴任した道真が、はじめて現地で重陽節（九月九日）を迎え、ささやかな酒宴をもよおしたときに詠んだ詩である。この詩の最後に、「十八にして登科《とうか》して初めて宴に侍《じ》せしに／今年は独《ひと》り海辺の雲に対《むか》えり」とある。「登科」とは、文章生の及第をさしたもので、道真がその後まもなく宮中の重陽宴に召され、宮廷詩人としてのデビューをはたしたことがわかる。

また、道真の自注によれば、『菅家文草』巻一にみえる「九日、宴に侍して同じく『鴻雁来賓《こうがんらいひん》』を賦す」の一首が、この重陽宴での詠作だったという。道真にとって、人生で最初にものした侍宴詩だった。以来、詩人は天皇の主催する折々の詩宴や文遊にはべり、数多くの侍宴・

応製（勅命に応じてつくる）詩をいまに残した。

宮廷の詩宴に対する道真の強い思い入れは、侍宴詩の数々にみられるだけではない。大宰府に左遷されてからも、なお「桜花《おうか》、通夜《つうや》の宴《うたげ》／菊酒《きくしゅ》、後朝《こうちょう》の筵《むしろ》」（『菅家後集』「叙意一百韻」）と詠じたように、宮中の密宴（天皇が私的に開く宴）に並々ならぬ思いを寄せていた。かくして、天皇の宴遊に近侍し、時節にふれて天子の恩徳をうたう姿勢は、道真の生涯をつらぬいたものであったといえよう。だが、道真のこうした詩人意識とはきわめて対照的に、二八〇〇首以上の詩をおさめる『白氏文集』には、侍宴応製作はほとんど見当たらないのである。

菅詩と白詩についてはこれまで、用語や表現の類似や、詩の発想ないし思想性の受容など、すでにさまざまな面において、その影響関係が明らかにされている。しかし、侍宴詩のことをとってみてわかるように、両者のあいだには、じつに大きな相違が存在しているのである。その代表的な例のひとつとして、巻頭に四巻の諷諭詩《ふうゆし》をすえる『白氏文集』に対し、菅詩における諷喩的要素の乏しさがまずあげられる。

白詩から触発を受け、道真もそのスタイルをまねて、「寒早十首《かんそうじっしゅ》」（『菅家文草』巻三）や「路《みち》に白頭翁に遇《あ》う」（同上）などの諷諭詩風の作品を手がけている。だが、その数は作品全体からして、ごくわずかであった。しかもこうした作品は、ほとんど讃岐守や大宰府左遷といった不遇の時代に集中している。また、道真には、天子にみずからの詠作を献上し、民意と治世の状況を伝えて、よって「天下を兼済する」（『白氏文集』巻二八、「元九に与うる書」）という意図も、まったくみられなかったのである。

菅詩と白詩のあいだにおけるこうした大きな違いは、どのようにして生まれたものなのだろうか。これは、もはや単なる両詩人の個性や才能によって生じた差異ではなく、古代中国と日本における歴史的、社会的基盤の根本的な違いに由来し、ひいては平安朝漢文学の本質にかかわる問題として掘り下げていく必要のある問題であろう。

文章生に及第した道真は、宮廷詩人としての第一歩を踏み出したのである。『菅家文草』巻一に、文章生試にそなえていた時期につくられた四首の練習作がみられる。菅詩の研究において、これまであまり取り上げられることのなかった作品である。本稿では、この四首を手がかりに、白詩や同時代の平安朝漢文学を視野に入れながら、道真の詩人としての形成について考えてみたい。

## 一　文章生試と省試詩

承和十二年（八四五）、道真は学者の家に生まれた。祖父の清公《きよぎみ》と、父の是善《これよし》は、いずれも文章道の出身で、そろって文人儒者の最頂点である文章博士《もんじょうはかせ》までつとめた人物であった。菅家一門の期待を背負い、道真も父祖のあとについて、文章生をめざし、学問の道を歩みはじめたのである。道真にとって、文章道はいわば立身出世のための唯一の方途であり、また、つねに政治家としての信念と詩人の活動を底支えした精神的原点でもあったといえる。したがってここで、省試詩の習作の考察に入るまえに、まず道真における文章生試のもつ意味を確認しておきたい。

古代日本では、律令制の導入にともない、官僚の人材を育成する大学寮がつくられた。創設の初期は、儒学の教育が中心だったが、聖武朝の神亀五年（七二八）に、新たに「文章科《もんじょうか》」が開設された。その主な目的として、久木幸男氏は、「中国風の文人賦詩の行事を宮廷に採り入れるために、作詩技能と漢文学の教養とを具えた人びとを特別に養成する」ことをあげている（『日本古代学校の研究』玉川大学出版部、一九九〇年）。つまりおもに宮廷詩人を育てる教育コースだったのである。ただし、発足の当初、文章生には「聡慧」なるもの、つまりすぐれた素質をもつ者を選ぶにとどまり（『類聚三代格』、『令集解』）、のちのような選抜試験がなかったものとみられる。

ではいったい、平安朝の律令官人たちの登竜門といわれる文章生の試験は、いつごろからスタートし、どんな形式の試験があったのか。そして、なぜ試験による選抜制度が必要になったのだろうか。関連の記録類が散逸して、当時の状況をくわしく知ることはできないが、弘仁十一年（八二〇）に発布された太政官符に、「今須《すべから》く文章生には、良家《りょうけ》の子弟《してい》を取りて、寮にて詩若くは賦を試みて之を補《ふ》し……」としるされている（『本朝文粋』巻二、「応補文章生并得業生復旧例事」）。この一文から受験生に対し、大学寮において、詩または賦をつくらせて、文学の才能をためしていたことがわかる。

また、現存の諸史料をたどってみると、延暦八年（七八九）の道真の祖父、菅原清公の例が、文章生試に関するもっとも古い記録であった（『続日本後紀』承和九年十月十七日条、「弱冠奉試補文章生」）。なお、勅撰三集のひとつである『経国集』に、南淵弘貞《みなみぶちのひろさだ》の「奉試詠梁」の詩がみられ、延暦十五年（七九六）の文章生試の答案と推定されている。一連の資料をつきあわせてみると、八世紀後半の桓武朝において、文章生試がはじまっていたことがまずたしかめられる。そして、その試験では、漢詩が出題されていたのである。

文章生試が導入された背景について、桃裕行氏は『文選』や三史（『史記』『漢書』『後漢書』）が文章科の教科書に採用されたため、美的鑑賞と実用性の両面から、貴族のあいだで関心が高まり、定員以上の入学希望者が出現したと説いている（『上代学制の研究』目黒書店、一九四七年、『桃裕行著作集』Ｉ思文閣出版、一九九四年）。この見解は、現在では史学研究者のあいだで、ほぼ通説となっている。

ところで、こうした文章生試における詩賦の導入は、明らかに唐の進士科試験にならったものである。古代中国では、試験によって官吏の人材を選抜し、登用する制度は、隋の文帝（五八一～六〇四）の時代にまでさかのぼる。試験にはいくつかの科目があって、「科目別選挙」という意味で、「科挙《かきょ》」と呼ばれた。もっとも現存の文献をみるかぎり、科挙のということばは、宋代になってからあらわれたもので、唐代ではもっぱら「貢挙《こうきょ》」（人材をみつぐ意味から）という言いかたを使っていたらしい。本稿では便宜上、科挙と呼ぶことにする。（中国の科挙の歴史を知るには、宮崎市定氏の『科挙』（『宮崎市定全集』15、岩波書店、一九九三年）や、村上哲見氏の『科挙の話—試験制度と文人官僚—』（講談社学術文庫、一九八〇年）がたいへん有益である。）

出身や門地を問わず、筆記試験によって優秀な人材を確保する科挙の制度は、唐代に入ってから、さらに整備された。さまざまあるコースのうち、しだいに進士科がもっとも重視されるようになったのである。進士科の試験は、帖経《じょうけい》、詩賦《しふ》、策《さく》の三つの内容からなる。なかでも、詩賦の試験が最重要科目とされた。

帖経は、経書の知識をためすための試験である。経書から一文をぬきだし、紙を切って一部の内容に貼り付け（帖＝貼）、ふせたところの文字を受験生にあてさせるものである。宋代以降になると、四書・五経（計四十三万字）からの出題となるが、唐代では比較的ゆるやかで、進士科の場合、『春秋左氏伝』か『礼記』のどちらかに限定された。となれば、この二冊の経書をまるごと暗記すればよいだけの問題で、帖経はいわば、基本資格の試験にすぎなかった。

いっぽう、策の試験は、策（策問）という文体の散文を五篇書かせるものである。社会問題や時事を論評し、施政に関する建言をのべる、一種の意見書と考えてよい。唐代では、時世にちなんだ出題よりも、古典や歴史上の問題を論じるものが多かった。

そして、いちばん重要な科目とされる詩賦の試験だが、こちらは、詩一首と賦一篇をつくらせるものである。詩はふつう五言六韻（十二句）の排律（十二句以上からなる律詩のことを「排律」という）、賦は三百五十字以上の律賦が要求された。詩・賦の題や脚韻の韻字は、あらかじめ指定されており、受験生は一日のうちに、この二つを完成させなければならなかった。

この詩・賦二篇の成績によって、進士科の合否が大きく左右されたといわれる。答案の詩は、帖経に関連して、「試帖詩《しじょうし》」または「試帖」と名づけられた。また、唐代では開元二十四年から、科挙の試験が従来の吏部から、尚書省の礼部に移管されたことから、「省試《しょうし》」と呼ばれるようになったため、試帖詩を「省試詩《しょうしし》」ともいうようになった。たとえば、白居易の受験例をみると、『白氏文集』巻三八に「省試、性習相遠近賦」と「玉水記方流詩」がならぶ形でおかれている。前者は四百二十一字からなり、与えられた韻字をきちんとふみ、後者は五言六韻の排律である。賦の注記によれば、貞元十六年（八〇〇）に受けた省試の答案であったという。

いっぽう、平安朝に目を転じてみると、文章生試の運営が大学寮から式部省にうつされてから、同じく「省試」と呼ばれるようになったのである。この呼び方は唐代の先例に準じたものであろう。また、呼称だけでなく、弘仁十二年の太政官符にある「詩若《も》しくは賦を試みる」方針も、唐の進士科試験をまねたものと考えられる。ただし、詩と賦を一篇ずつ出題する唐制とはちがい、平安朝ではどうやら詩の試験しかおこなわれなかったようである。というのも、現存する文献をみるかぎり、文章生試の賦に関する記録や実作例が、まったく検出されないからである。

ここで、文章生試がとりいれられたのが、八世紀後半の桓武朝であったことを想起されたい。律令政治を建て直すべく、都城の造営から、制度、文物にいたるまで唐代を基準とし、新しい文化国家を作ろうとした時代である。唐の進士科試験にならって、詩賦の試験を実施し、そこから積極的に人材を抜擢していく措置も、その壮大な国家的事業の一環であったとして位置づけるべきであろう。後藤昭雄氏は、平安初期における文章道出身の官僚たちの経歴を検討した結果、宮廷詩人としてはなやかな舞台で活躍する彼らは同時に、実務に堪能で、国政や地方政治に大きく寄与した律令官人でもあったと指摘している（『平安朝漢文学論考』桜楓社、一九八一年）。なお、もう一つの注意しておきたいのは、こうした人材が歴史の表舞台におどりでたのは、ほかでもなく文章生試が導入された直後のことである。

それまで史上に名を残すことがまれだった文章道の出身者たちが、文章生試の実施にともない、白居易らを代表とする唐代の科挙出身者さながらの活躍ぶりを見せはじめた。その典型的な例が菅原清公や小野岑守《おののみねもり》などであり、彼らはいずれもの延暦期の文章生及第者である。

このようにみてくると、文章生試の導入の背後には、もはや桃裕行が指摘した、貴族間の唐風へのあこがれや実用主義の次元にとどまらない、重要な問題が横たわっているようにおもわれる。この問題をさらに掘り下げていくには、平安初期の試帖詩を具体的に分析し、検討する必要があろう。それに関しては、また別稿にゆずりたい。ここでは、桓武朝に入ってから、文章道は天平期の単なる宮廷詩人の育成機関から、エリート官僚の養成機関へと大きく変身し、そこに唐代における政治と文学のありかたにならおうとする意図がうかがわれることを、ひとまず確認しておく。

そして、こうした文章道の理想をもっとも端的に体現したのが、右大臣にまで躍進した道真である。道真は終生、王沢をたたえる宮廷詩人でありたいと訴え、大宰府に流されてからも、依然としてそれを詩人としての最大の栄誉とみなしていた。「詩臣」という不動の信念をもちえた背後には、道真にとって、唐の科挙を志向する文章道の存在はきわめて大きかったと考えられる。道真の詩人像をとらえるには、その内面に深く根ざしている文章道の精神、さらにその意識の向こうにある、唐代の科挙のありかたの問題を念頭におくべきであろう。

さて、文章生試をひかえた道真は、父是善のもとで、受験勉強に専念していた。といっても、詩の試験だから、毎日ひたすら作詩の練習をくりかえしていたのである。詩人じしんの注記によれば、『菅家文草』巻一にみえる「賦得赤虹篇」「賦得詠青」「賦得躬桑」「賦得折楊柳」が、この間の習作である。以下、この四首に焦点をあてて、そこから道真がいかに宮廷詩人として成長してゆくかをみていきたい。

## 二　省試詩と近体詩

道真の文章生試の及第作は、『菅家文草』の巻七に残っている。だが、それは、詩の答案ではなく、「賛」だった。賛とは、詩や賦と同じく、韻文の一種ではあるが、人やものをほめたたえるのが趣旨で、四字一句のものが多い。貞観四年の文章生試では、道真は「省試、当時瑞祥賛」という大きな題のもとで、六つの瑞祥（「紫雲」「白鳩」「白燕」「白雀」「嘉禾」「木連理」）をよむ六篇の賛（四句からなる）を提出して、みごとに合格したのである。

平安朝では、文章生試において賛が出題されたのは、この貞観四年のほか、事例が検出されない。いっぽう、進士科における詩賦の課試は、唐代を通じてほぼ一貫していたが、例外もあった。唐の建中二年（七八一）に、趙賛という人が科挙の試験官に就任すると、雑文の出題を主張した。その上奏が受け入れられ、詩・賦にかわって、「箴、論、表、賛」が出題されるようになった（『冊府元亀』巻一六二、『唐会要』巻七六、貢挙中・進士）。ただし、その間わずか三、四年で、まもなく詩賦が復活し、以後定着していったのである。

だが、貞観四年の省試にかぎって、なぜ詩でなく、賛が課されたかは、史料の不備で理由が判然としない。唐の科挙の動向から、なんらかの影響を受けたのかもしれない。あるいは道真じしんにその一因があったことも考えうる。たった十一歳で、完璧な五言絶句（『菅家文草』巻一、「月夜に梅を見る」）を書き上げ、その天才ぶりははやくから世間によってもてはやされたことが容易に想像される。また後述するように、省試詩の習作においても、巧みな表現と細やかな技巧を自由自在に駆使して、「鬼才」といわれてもおかしくない詩才の持ち主である。文章生試に先立って、こうした評判が広まったため、わざわざその得意分野をはずして、賛が試みられた可能性も考えられよう。もっとも、唐代にもその先例がもとめられるのである。

それはともかくとして、詩から賛への変更は、おそらく突然の出来事で、父の是善にとっても、意外だったようである。というのは、「賦得赤虹篇」の題注によれば、「此《こ》れ自《よ》り以下四首、進士の挙に応ずるに臨み、家君日毎に試みる。数十首有りと雖《いえど》も、其の頗《やや》観《み》るべきを採りて留《とど》めたり」とあるからである。つまり是善が事前に想定し、用意したのがほとんど詩の問題で、その数は数十首にものぼるという。

道真は、そのなかからもっともすぐれたと思うものを四首えらびだして、家集におさめた。現存する平安朝の省試詩がごく少なく、練習作となれば、ほかに島田忠臣《しまだのただおみ》の「賦得詠三」（『田氏家集』巻之上・一）がみられるだけである。したがって、道真のこの四首は、当時の文章生試の状況を知るうえで、ひじょうに貴重な資料となるが、まず詩体別に見てみよう。

①「賦得赤虹篇」　七言十韻　排律、
②「賦得詠青」　五言十韻　排律、
③「賦得躬桑」　五言六韻　排律、
④「賦得折楊柳」　五言六韻　排律、

各題に「賦得」の二字を冠するのは、題をもらって詠ずることを意味する。省試では与えられた題によって、詩をつくることから、答案の詩題の上に、「賦得」の二字をおくことがきまりとなっている。平安朝の文章生試では、唐代と同じ書式をとり、右の四例もそのまま唐の先例に準拠したものである。

そして、詩の形だが、傍点を付したように、四首はそろって排律で、近体詩に属する。よく知られるように、中国語のアクセントには、上・平・去・入という「四声」の区別がある。上・去・入の三声が一括して「仄声《そくせい》」といい、軽い音調の「平声《ひょうせい》」と対応する。律詩（排律）の特徴としては、平仄《ひょうそく》の文字を交互に対立させて、脚韻を用い、最初と最後の四句（二聯）をのぞき、対句を用いることがあげられる。

律詩の詩型が完成されたのは、初唐である。唐代から、この新しい詩型を「近体詩《きんたいし》」（今体詩）といい、六朝までの、句数や平仄に制約のない詩体を「古体詩《こたいし》」と呼び、両者を区別するようになった。近体詩は、律詩（排律）と絶句（四句からなる）の二つに大きく分けられるが、もっとも基本的な詩型は、五言律詩（八句からなる）である。なお、省試詩の場合は、基本的に五言六韻（十二句）の排律の形を採っている。

上記の四首のうち、半数にあたる③と④が、五言六韻の排律であることも、こうした唐の省試詩の形式をふまえたものである。唐の先例との類似は、そればかりではない。芳賀紀雄氏も言及したように、②の「賦得詠青」は、盛唐の詩人・荊冬倩の「奉試詠青」を参考にしてつくられたものとおもわれる（「少壮の日の島田忠臣—外記任官まで—」『ことばとことのは』第五集、和泉書院、一九八八年）。荊詩の題目に「奉試」とあるのは、進士科試験の答案であることをしめしている。ちなみに、『経国集』に残っている平安初期の試帖詩（計二十三首）も、いずれも詩題に「奉試」の二字をかかげるのは、同じく唐式によったものである。

さらに、②詩の内容を荊詩とつきあわせてみると、両者とも、青にまつわるさまざまな故事を句ごとに織り込む詠みかたを用いている。この荊冬倩の「奉試詠青」は、唐人撰唐詩集（唐代の人が編んだ唐詩集）の一種である『国秀集』におさめられている。『国秀集』ははやくも平安の初期に日本に伝わり、勅撰三詩集にその受容がみとめられることは、すでに小島憲之氏の考証によって明らかにされている（『上代日本文学と中国文学下』塙書房、一九六五年）。

このように是善はおそらく当時伝来された書物などから、唐の出題例や、試帖詩の答案などに関する情報を収集し、試験対策にあたったのだろう。荊詩が、五言律詩であるのに対して、道真の場合、五言十韻の排律で整えられている。是善は先例を参考にしながらも、さらに模擬試験のハードルを一段とひきあげて、道真をためしたものとみられる。

なお、唐代の進士科の先例をことのほか重視する方針は、是善にかぎったものではなかった。さきほど触れた島田忠臣の受験例のように、平安朝の省試詩には、唐代のそれとの類似例が、ほかにもみとめられる（拙稿「平安朝における唐代省試詩の受容―九世紀後半を中心に―」『国語と国文学』二〇〇四年八月を参照されたい）。たとえば、斉衡元年（八五四）前後に及第した島田忠臣の例（『田氏家集』巻之下）をみても、「賦得珠還合浦」という詩題が、唐の先例から借用したものと推測される（『文苑英華』巻一八六・省試七、鄧陟「珠還合浦」）。のみならず、詩型まで唐の省試詩を忠実にふまえ、整然とした五言六韻の排律となっている。

こうした唐代の先例に忠実に準拠しようとする姿勢は、単に省試詩を習熟し、作詩のテクニックを上達させるためのものではないだろう。その背景には、つねに唐代の進士科を指標としつつ、それを平安朝において再現しようとするつよい政治的・文化的意図が隠されていることが読み取れる。道真もまた唐代と同様の課題にもとづき、同じ形式の省試詩をつくることで、唐の進士科出身者と同じレベルの作詩技能を身につけ、さらに白居易や元稹《げんしん》らのように、文人官僚として活躍する夢を思い描いていたのではなかったか。

## 三　七言排律の問題

前節でふれたように、道真の練習作に、唐代の省試詩との類似点が多くみとめられる。だが、ここでは、四首のうちに、唐の省試詩にまったくみられない七言律詩（排律）がまじっていることに注目したい。①の「賦得赤虹篇」である。というのも、この七言排律は、じつは中国漢詩ではひじょうに特殊な詩型なのである。

「七排」に関して、松浦友久氏がかつて次のようにのべている（『中国詩歌原論』大修館書店、一九八六年）。

五万首に近い現存の唐詩のなかで、七言排律の例は、ほんの数首しかない。それはおそらく、技術的な困難さというよりも、律体の七言句が、しかも対句の形で多数排列されるのでは、あまりに壮麗、荘重に過ぎて、抒情感覚の自然な流れが阻害されてしまうからであろう。現存の資料からいうかぎり、七言排律は、独立した様式として扱いにくい状態にある。

白詩を例に、松浦氏の説を検証してみよう。二八六〇首をかぞえる白詩のうち、七律が五六八首をしめるに対し、七排がわずか二十八首にすぎない（この点について、松浦氏の「ほんの数首」の言い方はやや正確さを欠くが）。しかも、その大半は、七律をやや のばした、五韻（十句）と六韻（十二句）の短い詩型である。さらに、その作詩年代を細かくみていくと、この二十八首の七排は、ほとんどが元和十四年（八一九）、つまり白居易が四十八歳になってからつくられた作品である。中年に入ってその詩境に円熟味が増してから、ようやくとりいれられた詩型とおぼしい（白詩の詩歌総数および詩体は、花房英樹『白氏文集の批判的研究』（同朋舎、一九六〇年）を参照）。

だが、白詩の七排の傾向とは対照的に、道真はわずか十七歳にして、十韻・二十句におよぶ長大な作品をつくったのだった。是善はなぜこのような変わった難題を考案したのか。そして、平安漢詩史において、七言排律はいったいどのような存在だったのだろうか。

平安中期までの作例を調査したところ、計二十三首の七排をひろうことができた。『経国集』一首、『田氏家集』七首、『菅家文草』十五首の内訳となっている。以下、製作の年次をあわせて掲出してみた。

●『経国集』

1　三原春上「扈従梵釈寺応製一首」（弘仁六年）　（七言六韻）

●『田氏家集』

2「九日侍宴冷然院、各賦山人採薬、十韻、応製毎句用薬名」　（七言十韻）

3「於右丞相省中直廬読史記竟、詠史得高祖、応教」（貞観三年か）　（七言十韻）

4「和野秀才叙徳吟見寄　依本詩韻」（元慶七年）　（七言六韻）

5「鶴棲松尖添兼占瞻厭」（唐絵の讃か）　（七言六韻）

6「仲秋釈奠、聴読周易」（寛平三年）　（七言六韻）

7「採藕実」　（七言六韻）

8「菊花」　（七言八韻）

●『菅家文草』

9「賦得赤虹篇」（貞観三年）　（七言十韻）

10「早春、侍右丞相東斎、同賦東風粧梅」（貞観十六年）　（七言六韻）

11「暮春、見南亜相山荘尚歯会」（貞観十九年）　（七言六韻）

12「小廊新成、聊以題壁」（元慶七年）　（七言六韻）

13「夢阿満」（元慶七年）　（七言十四韻）

14「重陽日、侍宴紫宸殿、同賦玉燭歌、応製」（元慶八年）　（七言八韻）
15「行春詞」（仁和三年）　（七言二十韻）
16「蓮池偈」（仁和四年）　（七言二十四韻）
17「懺悔会作、三百八言」（仁和四年）　（七言二十二韻）
18「白毛嘆」（寛平元年）　（七言六韻）
19「雨晴対月、韻用流字、応製」（寛平四年）　（七言十韻）
20「詩友会飲、同賦鶯声誘引来花下」（寛平八年）　（七言六韻）
21「春日行幸神泉苑、同賦花間理管絃、応製」（寛平八年）　（七言六韻）
22「賦新煙催柳色、応製」（寛平九年内宴）　（七言十韻）
23「九日後朝、侍宴朱雀院、同賦秋思入寒松、応太上天皇製」（昌泰元年）　（七言十韻）

1は、勅撰三集中、唯一の七排である。弘仁六年（八一五）、天皇の梵釈寺の行幸に随行した際に詠まれたものらしい。当日、嵯峨天皇、淳和天皇（東宮）と藤原冬嗣《ふじわらのふゆつぐ》も詠作を残しているが（『文華秀麗集』に二首、『経国集』に一首）、いずれも七言四韻となっている。三原春上《みはらのはるがみ》だけが、七言六韻で詠んだ。なお、この詩は日本漢詩のなかで、もっとも古い七排の作例であった。

つぎに、『田氏家集』の例だが、傍線をひいた2、3、6は、詩宴・詩会の作である。なかでも、とりわけ2の重陽宴の例に注目したい。平安初期の侍宴・応製詩を調査したところ、この2の詩は、公宴（天皇が主催する公的行事としての宴）における七排の初見例であったことが判明した。

忠臣が文章生に及第したのは、斉衡元年前後とされる。宮中の重陽宴に参列できるのは、それより以降のことである。いっぽう、貞観三年（八六一）から、重陽宴の会場は紫宸殿にうつされた。国史類の記録をひもとくと、斉衡元年から貞観三年にかけて、冷然院で開催された重陽宴は、仁寿四年（斉衡元年）、斉衡二年、斉衡三年の計三回をかぞえる（『文徳実録』『類聚国史』『日本紀略』）。2は、そのどちらかの席でつくられたものであろう。

忠臣のこの例から、七言排律はこの斉衡期あたりから、意識的に公宴詩の詩型としてとりこまれるようになったことが推測される。やがて内宴・重陽宴だけでなく、宮中の密宴（天皇が私的に開く小規模の宴）や貴族の詩会でも、七排はしばしば詠まれるようになったのである（『田氏家集』3、6、『菅家文草』10、11、14、19、20、21、22、23）。

このように中国ではあまり好まれない、その漢詩史にも定着しなかった「七排」だが、平安朝では、侍宴応製詩の詩型としてとりいれられ、独自な発展をとげていったのである。最盛をきわめた初唐の侍宴詩に、七排の作例がまったくみられない点にかんがみても、七排の侍宴詩は、和風の漢詩といえる。ここに中国の文学を受容しつつ、独自の世界をつくりだしていく平安朝漢文学の一面をかいまみることができる。七言排律の流行には、精巧な対句の華麗さを好み、過剰なまでに様式美にこだわる、平安朝の唯美的志向が指摘できよう。

道真の習作に七排がふくまれているのも、貞観期の前後における侍宴詩のこうした新しい動向と密接に関連しているものとおもわれる。文章生試は、宮廷詩人としての資格を問う試験でもある。文章道の関係者たちもまた、つねに宮廷詩壇の傾向を強く意識し、省試詩の出題に反映させていったのである。

だが、省試詩と宮廷侍宴詩のこうした類似は、中唐以後にみられない現象である。いったい中国では、安史の乱以降、宮廷詩壇が崩壊したため、侍宴詩があまり詠まれなくなったのである。この点は、宮廷詩宴を枢軸に展開する九世紀の平安朝漢文学とはきわだって対照的である。唐代と平安朝では、政治と文学との関わり方が決定的に違うことが、こうした両国の省試詩型のズレにもあらわれているとおもわれる。

## 四　「折楊柳」と律詩の詩人

前節では、「賦得赤虹篇」を例に、七言排律の問題に注目して、平安朝における省試詩と侍宴詩の関係を検討してみた。ここでは、四首目の習作である「賦得折楊柳」をとりあげて、さらに詩人道真の姿にせまってみたい。

「折楊柳」は、六朝の梁に生まれた有名な楽府題のひとつである。女性が柳の枝を折って、旅立つ恋人に手渡し、その無事を祈る風習から生まれた曲である。六朝から唐にかけて、詩人たちのあいだで愛唱されたことから、しだいに別れの歌として定着し、はなむけの席で、羌笛（遊牧民族の笛）の伴奏でよくうたわれていた。そのため唐代の旅の送別詩に、「折楊柳」の曲をかなでる情景がしばしば描かれている。たとえば、「羌笛《きょうてき》、何《なん》ぞ須《もち》いん、楊柳を怨《うら》むを／春《しゅん》光《こう》度《わた》らず　玉門関」（王之渙「涼州詞」）もその一例であるが、人口に膾炙する名句として、日本でもよく知られている。

いっぽう、国境の守備にかりだされた夫を思う女性をうたう「折楊柳」は、艶冶な詩風を嗜好する嵯峨朝の詩人たちにとって、詩興をかきたてる格好なテーマとなった。『文華秀麗集』（巻中・楽府）に、嵯峨天皇と巨勢識人《こせのしきひと》の唱和作があり、平安初期から熟知された詩材のひとつといえる。道真が受験勉強で「折楊柳」を練習したのは、それまでの文章生試で、楽府詩が出題されたことがあったためであろう。平安朝では、侍宴応製詩と省試詩はしばしば同一の詩題を用いているが、内容の面でも共通性がみられるのだろうか。詩をかかげてみよう。

賦得折楊柳（折楊柳を賦すること得たり）　一首　六十字、題中韻

佳人芳意苦　佳人芳意《ほうい》　苦《ねんごろ》なり
楊柳先攀折、　楊柳先《ま》ず　攀折す
応手麹塵軽　手に応じて　麹塵《きくじん》軽く
候顔青眼潔、　顔を候《うかが》いては　青眼《せいがん》　潔《いさぎよ》し
涙迷枝上露　涙は迷う枝の上の露かと
粧誤絮中雪、　粧《よそおい》は誤つ絮《わた》の中の雪
繊指柔英断　繊《ほそ》き指は　柔らかなる英《はなぶさ》を断ち
低眉濃黛刷、　低《た》れる眉は　濃き黛《まゆずみ》を刷《は》く
葉遮鬟更乱　葉遮《さえぎ》りて　鬟《わげ》更に乱れ
糸剪腸倶絶、　糸剪《き》れて　腸倶《とも》に絶《た》つ
若有入羌音　若《も》し羌《きょう》に入る音《たより》有らば
誰堪行子別、　誰《たれ》か堪《た》えん　行子《たびびと》の別れに

柳の芽吹く春が来ると、佳人が旅立った恋人を思い、気持ちがいっそうせつなくなる。旅先の人に贈りたいと、柳の枝を折る。折れた柳の枝のように、佳人もまた断腸の思い。もしはるか辺境の胡地に入るというたよりが来たら、だれが別離のかなしみにたえられるのだろうか、と。

佳人、楊柳、断腸、別離。中国の折楊柳詩をそのまま再現した常套的な内容である。後藤昭雄氏はこの一首を嵯峨天皇の御製を比較して、平安初頭の「折楊柳」の詩境をなぞりなおしたものにすぎないと指摘している（「平安朝の楽府と菅原道真の〈新楽府〉」『国語国文』、一九九九年六月）。ではなぜ、道真は数十首のなかからわざわざこの詩を残し、自慢の作品として家集にとどめたのだろうか。

あらためて詩の自注に留意しよう。「六十字、題中韻」とあり、父の是善によってもうけられた作詩の条件である。六十字は、五言六韻をさし、「題中韻」とは、与えられた詩題のなかから脚韻の字をとることである。唐の省試詩とはまったく同様の出題条件である。道真もまた父の指示どおりに、五言六韻の排律を提出した。

ただ、ひとつだけ一般の律詩とやや変わったところがある。詩の脚韻である。

漢詩の場合、偶数の句の末字の発音をそろえる規則があり、これを「脚韻」という。律詩（排律）脚韻の韻字に、通常平声の字を使うことになっている。省試詩の脚韻は、ふつう詩題のなかの平声の字にあわせる（「題中韻」）が、ときには別の韻字を指定されることもある。

しかし、右の一首の脚韻をひろってみると、傍点をふったように、「折、潔、雪、刷、絶、別」となっている。促音の字ばかりである。日本にとりいれられた漢音のうち、入声が促音として表記されることがよく知られている。これらの韻字は、近体詩の要求する平声韻ではなく、入声の韻（九屑韻）である。つまり、道真の「折楊柳」詩は、仄韻を踏んだ排律ということになる。この仄韻排律は、じつは唐詩にはひじょうにめずらしい作例なのである。

古代漢語の権威者である王力氏が唐詩の詩体を精査し、「五言排律は平韻のみで、仄韻のものは存在しない」と結論している（『漢語詩律学』上海教育出版社、一九六二年）。この説にしたがえば、声律の面にかぎっていうと、道真の「折楊柳」は、本場の中国でも例をみない、きわめてめずらしい作詩ということになる。

ところが、唐詩の脚韻を再調査したところ、省試詩に仄韻の作例があったことが判明した。たとえば、開元十九年（七三一）の省試詩「洛出書詩」（『文苑英華』巻一八三）が道真の「賦得折楊柳」詩と同じく、入声韻（題の「洛」や「出」を脚韻とした）を用いている。また、開成二年（八三七）の省試詩「霓裳羽衣曲」（同巻一八四）も、仄韻のひとつである。入声の韻（八霽韻）を踏んでいる（王兆鵬『唐代科挙考試詩賦用韻研究』、斉魯書社、二〇〇四年を参照）。なお、省試詩のほかに、中唐の詩人・崔元翰のつくった侍宴詩「奉和聖製重陽旦日百寮曲江宴示懐」（『全唐詩』巻三一三）も、入声韻（四質韻）を使って読み上げた一首である。このように、王力氏が指摘したように唐詩にまったく仄韻の排律が存在しないのではなく、少ないながらも、省試詩などにその例を見ることができるのである。ただし、排律において、仄声の脚韻をすべてそろえるのが、平声韻よりずっとむずかしいのである。

もう一度確認してみるが、そもそも道真の課題は、「題中韻」である。ふつう、近体詩の常識から、「折楊柳」のなかから、平声の「楊」(下平声七陽韻)をとって作詩するはずである。だが、道真はそうしなかった。三つある題字のうち、もっとも押韻の難しい入声の「折」を韻字にしたのである。

なお、「折楊柳」は楽府詩で、古詩の部類に入る。嵯峨天皇も巨勢識人も、古体詩だったが、道真は楽府詩のテーマを近体詩でつくっている。本来、古体で詠われるべき楽府詩を排律で詠むことは、中国漢詩の見地からいうと、やはりどうしてもぎごちなさを感じさせる。

漢詩を製作することは、古代日本の知識人にとって、外国語という大きな壁が立ちはだかっており、決して容易なわざではなかったはずである。精密な構成をもつ近体詩となれば、終始、さまざまなきびしい制約や規律と格闘しながらの作業であろう。だが、十七歳の道真は、模擬テストという決められた時間のなかで、むずかしい入声韻に挑み、高度な技法を要する仄韻の排律をみごとに完成したのである。若き詩人の生真面目さがうかがわれる半面、その自由自在に音律や対句をあやつる作詩の力に、あらためて驚嘆させられる。

むろん道真にあっては、その驚くべき声律の感覚は、生得的なものではなく、徹底的な近体詩の学習によってきたえられたものであるにほかならない。『菅家文草』の巻頭詩は、平仄も対句もきれいに整った五言絶句であるが、道真が十一歳につくった作品である。父の是善の采配で、当時文章生だった島田忠臣から漢詩の指導を受けていると注記されている。幼少のころから、きびしい訓練をはじめていたという。そして、その六年後に書かれた四首の省試詩の習作から、わたしたちは、道真はすでに中国の詩人と同じレベルにいたるまでに近体詩に熟達したことを、はっきりとみることができるのである。

『菅家文草』の巻一は、道真の十一歳から三十二歳にかけての詩作を収録している。七十六首をかぞえる作品に、古体詩が一首もまじっていない。社交的な唱酬作はともかく、「書斎にして雨降る日、独り梅花に対《むか》う」(『菅家文草』巻二)のような独詠歌まで、道真は格律にこだわっていたのである。

また、道真は讃岐時代に白詩にならって、諷諭詩風の作品をつくった。だが、白居易のように楽府体を使ったのは、「路《みち》に白頭翁に遇《あ》う」(『菅家文草』巻三)の一首だけである。のこりはすべて近体詩で、もっとも精彩をはなつ「寒早十首」もそろって五律によって歌い上げられていた。声律を脳裏にたたきこみ、近体詩の製作に徹していた道真は、句数や平仄に制約のない古体詩よりも、近体詩の世界になじんでいたようである。この時期の道真を、わたしは「律詩の詩人」と呼びたい。

## 五　古体詩への目覚め

『菅家文草』と『菅家後集』を詩体別にみてみると、近体詩が圧倒的に多く、古体詩がわずか十七首にすぎない。もっとも古体詩の作品が少ないのは、道真にかぎらず、平安朝の漢詩人に共通してみられる現象である。

その原因について、厳格な拘束のない古体詩は、より複雑な思想や感情を表現するのによく用いられるため、かえって近体詩より高い技能を要するといわれ、日本漢詩人の思想性の乏しさによるともいわれる。しかし、これまでわたしたちはすでに省試詩の習作を通して、若きころの道真が、中国の詩人とほぼ同等の才能をもっていることを確認してきたのである。はたして道真の古体詩を、従来のような漠然とした常識論の枠組みのなかでとらえていいのだろうか。

ここで、菅詩の詩体を、ほぼ同時代の詩人、島田忠臣の『田氏家集』と比較してみたい（『田氏家集注』和泉書院を参考）。道真の十七首に対し、『田氏家集』二百二十首におよぶ詩のうち、古体詩は一首のみである。「春風歌」（『田氏家集注』巻之下）という七言古詩で、題の下に「八韻成篇、侍寛平二年内宴、応制作」という注記があり、寛平二年の内宴作であることがわかる。

「春風歌」の「歌」とは、歌行体のことで、楽府体の系統をひく古体詩の一種である。紀長谷雄にも同題作があり（『朝野群載』巻一、文筆上）、三・五・七言をとりまぜた雑言体となっている。この二首から、寛平二年の内宴で、古体詩の作詩条件がかけられていたことが推測される。

このように、『田氏家集』に一首しかみられない古体詩は、内宴の詠作であった。要するにたとえ私的な場においても、島田忠臣はほとんど古体詩をつくらなかったのである。忠臣のこうした近体詩にこだわる姿勢は、前節でみた青少年期の道真とひじょうに似ているといえよう。ところが、元慶五年（八八一）、三十七歳の年に（文章生の及第から十九年後だが）、道真の作詩意識に大きな変化がみえはじめた。それまで近体詩一筋だった道真は、古体詩を詠むようになったのである。「博士難《はかせなん》」という作品である。いったいなにが、道真を古体詩の創作へと駆り立てたのだろうか。

詩題の「博士難」は、楽府題の「行路難」をもじったものである。人生の険難をうたう「行路難」の主題を、文章博士として生きることのむずかしさに置きかえて、悲憤の気持ちを訴える一首である。詩はまず父祖以来の儒家の栄誉からうたい起こし、文章博士に任命されたとき、父が行く末を案じて、慎重に身を処するようにと諭したとのべ、つぎのようにつづける。

四年有朝議　四年　朝議《ちょうぎ》あり
令我授諸生　我をして諸生に授《さず》けしむ
南面纔三日　南面すること纔《わず》かに三日
耳聞誹謗声　耳に誹謗《ひぼう》の声を聞く
今年修挙牒　今年　挙牒《きょちょう》を修《おさ》むるに
取捨甚分明　取捨《しゅしゃ》　甚《はなは》だ分明なり
無才先捨者　才無くして先に捨てられたる者
讒口訴虚名　讒口《ざんこう》　虚名を訴《うった》うなり
教授我無失　教授　我に失《うしな》うこと無し
選挙我有平　選挙　我に平《たい》らかなること有り
誠哉慈父令　誠《まこと》なるかな　慈父の令《おしえ》
誡我於未萌…　我を未《いま》だ萌《きざ》さざるに誡《いまし》む…

元慶四年の朝議により、大学寮で講義することになった。が、三日目にははやくも誹謗の声が耳に入ってきた。翌年、文章得業生の選抜できわめて公正な推薦をしたが、落選した者から、不正を働いたとまったくいわれのない中傷を受けた。父からは世間のきびしさについて聞かされてはいたが、まさかこんなふうに的中するとは。思えば、まさに父の教えが正しかったと。見立てや対句を多用し、技巧をこらすそれまでの作風とは一変し、平明な語り口で、率直に心内を吐露している。菅詩の秀作のひとつにかぞえられている。

「博士難」にいたるまでの道真の人生といえば、文章生のエリートコースを順調に進み、祖父、父の二代につづき、ついに文章博士にのぼった。すべてが順風満帆の道のりだった。ところが、この元慶四年前後から、道真は学生や儒者たちのさまざまな讒言と猜疑に遭い、はじめて世間の風当たりの強さを身にしみて知ったのである。実直な性格もあって、詩人は戸惑い、深刻に悩んだ。さらに、この前の年に、学問の師で、人生のよき指導者でもある父を亡くした。道真はこのときいわば、味わったことのない最大の苦境に直面したのである。

他者の悪意と誹謗にさらされ、孤立無援の感をかみしめながら、道真はこれまでの歩みをふりかえり、自己の内面を見詰め直そうと、「博士難」の一詩を書き上げた。華美な文飾と流麗な音韻をいっさい捨象した古体詩である。

よくいわれるように、近体詩は、即興的な抒情をうたうのにふさわしい形である。いっぽう、古体詩は、より複雑な主張や感情のひだを表現するのに適している。道真はまさにこうした詩型の使い分けに応じて、近体詩では表出しえない自己の心情を吐露する方法として、意識的に古体詩をえらびとったのである。

道真のかかる古体詩の創作意識は、公宴詩以外にほとんど古体詩の作品を残さなかった島田忠臣とのあいだには、大きな違いがみとめられよう。また、道真の古体詩をふまえて考えると、古代日本の漢詩に古体詩がひじょうに少ない原因を、日本の漢詩人に全体的にみられる思想性の薄弱さ（谷口孝介『菅原道真と学問』塙書房、二〇〇六年）にもとめるのも、必ずしも的を射ているとはいえないようにおもわれる。

ただし、新楽府などの諷諭詩に代表される白居易の古体詩は、民衆に視線を向けた作品であり、より多くの人によってうたわれることを目的としてつくられたのである。これに対し、「思《おも》う所有り」（『菅家文草』巻二）「鏡に対《むか》う」（同巻四）や「仮中懐《かちゅうおもい》を書《しょ》す」（同巻五）詩をみると、道真の古体詩は自身の境遇をかえりみ、自己の内面を凝視する、あくまでみずからを慰めるための文学形式である。その読者も、「詩情怨《しじょうえん》」（『菅家文草』巻二）を友人の菅野惟肖《すがののこれすえ》などに贈ったように、心の通じ合う友にかぎられている。

また、道真の諷諭詩的作品は、大半が近体詩であるのも、詩人にあっては、古体詩は自己の複雑な心中を表現するため詩型であったからにほかならない。白詩と菅詩にみられるこうした古体詩の位相差は、詩人の思想性の深浅さよりも、古代中日両国における政治と文学のありかたの違いによるものととらえるべきであろう。

「賦得赤虹篇」や「賦得折楊柳」など、省試詩の習作をみてわかるように、若き道真ははやくも唐の詩人たちにひけをとらないほど、近体詩に熟達していた。それは、文章生試の受験勉強のきびしい訓練によってきたえあげられた能力である。文章生に及第した道真は宮廷詩人として、公的な宴席で、次々に華麗な侍宴応製作を生み出していく。と同時に、私的の作詩の場においても、近体詩の詠作に徹していた。

だが、やがて人生最大の苦境に直面することをきっかけに、道真は古体詩を意識しはじめるようになった。率直に心境を託す表現の方法として、古体詩をみずからの創作にとりいれ、数々の秀逸な作品をつくりだしていったのである。

平安朝の漢詩文学を見渡すと、島田忠臣ら同時代の詩人たちもさることながら、道真の古体詩と類し、あるいはその流れを受けつぐ詩作はほかにみられないのである。興膳宏氏も言及されたように、古代日本では、古体・近体をともにこなして、独自の詩世界を形成しえた詩人といえば、道真をのぞいては考えられない（『古代漢詩選』研文出版、二〇〇五年）。

このように古体詩は道真詩の特質の一面をしめしていると同時に、詩人道真が平安朝漢詩史においていかに特別な存在かを物語っているといえよう。

〔注〕『菅家文草』『菅家後集』の引用は川口久雄校注『菅家文草菅家後集』（日本古典文学大系、

岩波書店）による。

〔付記〕 本稿は中国上海市浦江人材計画補助金による成果の一部である（Sponsored by Shanghai Pujiang Program）。

# 紫式部が読んだ『文集』のテキスト——旧鈔本と版本

神鷹　徳治

## はじめに

私の講演は、「紫式部が読んだ『文集』のテキスト——旧鈔本と版本」となっており、本日のテーマである「源氏物語における菅家と白氏」とは、結びつきが理解されにくいのではないかと思われる。それで、本論に入る前に、本日のテーマと、私の講演題目との関連を、若干説明することにする。

平安朝の漢詩人としても知られている菅原道真（八四五〜九〇三）と『源氏物語』の著者、紫式部の両者は、ともに、中国の唐王朝の大詩人、白居易（字は楽天、七七二〜八四六）の詩文集、『白氏文集』の愛読者であった。白楽天文学の両者への受容・影響については、多くの方々が語るところである。例えば、本日の講演者の御一人である、藤原克己教授には『菅原道真　詩人の運命』（二〇〇二、ウェッジ選書）という名著があるので、この場を借りて皆様にお勧めしたい。

さて、私がお話ししたいことは、道真や式部は、具体的には、どのようなテキストを読んでいたかという点である。テキストと言えば、そんな当たり前のことをなぜ問題にするのかという疑問を抱かれるかも知れないが、ここではとりわけ、古典研究では避けることのできない、原典研究や文献研究がもたらす問題を二、三お話ししたいと思う。白氏の作品集は『白氏文集』乃至『文集』と呼ばれることがある。同じ作品集であるのに、何故この二つの書名があるのか、そしてそこにはどのような事情が伏在しているのであろうか。『文集』は、一般的には〈モンジフ〉と読まれている。しかし、その読み方には、実は問題がある、ということ等を指摘したい。

以上をまとめて、テキストの内容と書名、読み方の三点を主に取り上げて話を進めてみよう。具体的には後で説明することになるが、道真と式部の目睹したテキストは、印刷された版本ではなく、手写による版本以前のテキストなのである。すなわち、文献資料としては、旧鈔本といわれるもので、遣唐使等が日本に持ち帰ってきたその唐鈔本が何度か転写され、それに我が国の博士家の人々が古訓点を附したものである。以下、式部の実際に目にしたテキストを想定しながら、話をしていくことにする。

## 一　旧鈔本と版本の本文のちがい

周知のごとく、中唐の文人官僚白居易、（字《あざな》は楽天）の『白氏文集』は、平安朝以来、殊の外、我が国において愛好された。なかんずく、玄宗と楊貴妃との悲劇を詠じた「長恨歌」の一編は、我々日本人にもなじみ深い作品であるが、ある疑問に出会ったのである。

それは、『源氏物語』で明らかに「長恨歌」を踏まえていると思われる四箇所のうち、一箇所だけが、現行のどの版本とも一致せず、異なる本文を引用していることである。何故か各社の校本・注解書には、この点について詳しい説得力のある説明は与えられていない。以下は、この点についての筆者の調査報告である。さて、現行の『源氏物語』の諸注釈書によれば、次の四箇所に「長恨歌」の直接引用が指摘されている。

（1）〈桐壺〉

太液芙蓉未央柳もけにかよひたりしかたちをからめいたる……

（2）〈桐壺〉

はねをならへ枝をかはさむとちきらせ給ひしに……

（3）〈葵〉

ふるき枕ふるき衾たれとともにかとある折に……［舊枕故衾誰與共］

（4）〈幻〉

蛍のいとおほうとひかふも夕殿にほたるとんてとれいのふる事も……

以上四例中、（3）の「葵」の箇所のみ、現行の諸版本は、（後に説明する『唐詩解』・『文苑英華』の二本を除く）「翡翠衾寒誰與共」に作り、大きく相異しているのである。

これに関しては、先学の丸山キヨ子（『源氏物語と白氏文集』）、藤野岩友（「源氏物語の『舊枕故衾』の句」）両博士によって、嘗て我が国の旧鈔本本文には「舊枕故衾」と作ってあり、「葵」の引用文に一致することが指摘されている。

さらに、この一句は、別集（個人の作品集を漢籍では別集と言う）の『白氏文集』諸版本の本文とは相異するものの、総集（複数の詩人の作からなる作品集を総集と言う）である北宋初期に編集された『文苑英華』本文とは一致し、邦人による改変ではないことも確認されている。（明末刊唐仲言編『唐詩解』や清康熙刊汪立名編『白香山詩集』においても、前者は正文に、後者は注文に、この本文がそれぞれ採用されている。出典は示されてはいないが、前者は古本系『古文真宝』に、後者は『文苑英華』（巻三百四十六）によるものと推定される。）

ところで、「舊枕故衾」と「翡翠衾寒」との異同はいかなる理由で生じたのであろうか。最近の我が国の文献学の成果から、この問題を検討してみることにする。

中国では、後漢の蔡倫（二世紀前後）が紙を本格的に改良して以来、長い間書籍は書写によって伝えられ、印刷術が本に応用されたのは、唐代とされ、それは最初に仏教の経典の印刷から始まったとされている。

仏典や暦以外の外典が出版されたのは十世紀前半の五代に始まるといわれている。したがって本が印刷されだしたといっても、全体からすればごく一部で、ほとんどの本は依然として写本であったわけだ。次の宋代に至り、ようやく従来までの写本による図書に、印刷された本、すなわち版本がとって代り、図書の主流を占めるようになったのである。

このように、現行漢籍のテキストの祖は宋版本に発し、かつ宋版はおおむね校訂が良いというので、テキストとして、現在も高く評価されているわけである。但し、宋版本の興隆とともに、底本となった唐鈔本そのものは、消滅してしまったようである。

現在では中国側における唐鈔本資料としては、作家、井上靖氏の小説『敦煌』によって、我々日本人にも良く知られている、かの敦煌の地から二十世紀初頭、突然発掘された敦煌古書と言われる文献等が残存するのみである。この文献についての戦前・戦後の研究、王重民『敦煌古籍叙録』（一九五六、商務印書館）、許建年『敦煌経籍叙録』（二〇〇六年、中華出版局）や、そして唐鈔本の本文を踏襲しているといわれる、我が国に奈良・平安時代から伝存する漢籍旧鈔本の研究、斯波六郎博士『文選李善注所引尚書攷証』（一九八二年　汲古書院影印）、原田種成博士『貞観政要の研究』（一九六五年　吉川弘文館）、平岡武夫・今井清両氏校本『白氏文集』（一九七一年　京大人文研）、太田次男・小林芳規両博士共著『神田本白氏文集の研究』（一九八二年勉誠社）等の労作により、以下のようなことが次第に解明されたのである。

すなわち、同一テキストであっても、その本文を詳しく吟味するならば、写本と版本との間には断絶とも言うべきほどに本文の異同が存在しているのである。つまり、版本以前の旧鈔本の方が、幾多の欠点はあるにせよ、原本文の形態と文字をとどめているというわけである。特に本邦伝来の旧鈔本は、我が国における中国文化の尊重という事情も加わり、恣意的改変を免れ、それだけ唐鈔本の本文を忠実に伝えているわけである。

ただし、版本が全くなかったわけではない。藤原道長の『御堂関白記』に記録されているように、宋版、それも北宋版が当時既に輸入されている。しかし、太田次男博士が指摘しているように、これらの「宋版本は、依然として、稀覯の本であり」（「白詩受容を繞る諸問題―文集古鈔本との関連において」『国語国文』四六巻九号、一九七七・九）、藤原公任、清少納言、紫式部が実際に使用した『白氏文集』は、印刷された版本ではなく、唐鈔本の文字を伝える旧鈔本であったと推定されるのである。

とすれば、『源氏物語』に『白氏文集』の典拠を求めるとすれば、宋代以後の別集版本ではなく、唐鈔本の本文を踏襲している旧鈔本の『白氏文集』を用いなければならないことになる。ここで先ほど提示した二つの資料、すなわち古本系『古文真宝』と『文苑英華』の本文の特徴について、今、少しく触れることにする。

明末の版本、唐仲言編『唐詩解』には、民間流布の唐代の「長恨歌」の本文が古本系『古文真宝』を通して受容され、宋明の詩文の校訂者の改編を免れた本文がかろうじて明代の編纂者唐仲言によって遺存されたのではなかろうかと私は推測している。

これに対し、『文苑英華』の方は北宋前期の編纂にかかり、当時存在していた唐鈔本もしくはそれに近い資料をまだ利用できたこと、そして、総集という特殊な編纂書で、かつ一千巻という大部の書籍であったので、別集宋版による校訂を比較的免れたのではないかと、私には推測される。

『文苑英華』の本文は、別集本文に比較して良質である、と研究者の間では予想されていたが、我が国の旧鈔本によってようやく実証されたのである。旧鈔本はこのような意味においても、中国側の資料を一段と高める第一級の文献資料といえるわけである。

かくして、この二つの資料『唐詩解』・『文苑英華』は、ともに歴代の校訂を免れ、旧叙本系「長恨歌」と対校することにより、刊本系「長恨歌」でありながらその一句に「旧枕古衾」と云う唐鈔本の本文がからくも遺存していることが判明するのである。

## 二　旧鈔本資料――『奥入』について

以上の如く、我が国の旧鈔本資料は、中国では既に失われている唐鈔本の本文を遺存している貴重な資料と云えよう。このような旧鈔本の資料としては、残巻零墨のほかに、日本人の編纂になる国書に引用される逸文・異文も、また見逃すことができない。

例えば、藤原定家（一一六二～一二四一）の初期の『源氏物語』の注釈書である『奥入』には、その多くは断片ではあるが、種々の漢籍が引用されている。

定家は院政末期から鎌倉初期にかけての歌人であるので、彼の晩年の高い地位から考えれば、『白氏文集』のテキストとしては、旧鈔本と宋版のどちらをも使用すること可能性があったはずである。ただし、『奥入』引用文を検討するかぎり、例外なく唐鈔本の本文を伝える旧鈔本系テキストである。例えば管見の及んだ戦後の『源氏物語』諸注釈書には指摘されてはいないが、『奥入』では、先ほどの「葵」巻に指摘されている「長恨歌」の本文を、「翡翠衾寒」の版本系本文ではなく、「舊枕故衾」に作る旧鈔本系本文を引用している。また、『奥入』の「紅葉賀」のところに「夜聞歌者」（『白氏文集』巻十）の一編が引用されている。

夜泊鸚鵡洲、秋江月澄澈。
鄰船有歌者、発調堪愁絶。
歌罷継以泣、泣声通復咽。
尋声見其人、有婦顔如雪。
独倚帆檣立、娉婷十七八。
夜涙如真珠、双双堕明月。
借問誰家婦、歌泣何凄切。
一問一霑巾、低眉竟不説。

（書き下し）

夜泊す鸚鵡洲　秋江月澄澈す
鄰船に歌う者有り　調を発して愁絶するに堪へたり
歌罷みて継ぐに泣くを以てす　泣声通じて復た咽ぶ
声を尋ねて其の人を見れば　婦有り顔雪の如し
独り帆檣に倚りて立てり　娉婷十七あまり
夜の涙真珠の如く　双双として明月に堕つ
借問す誰が家の婦ぞ　歌の泣くこと何ぞ凄切なる

一たび問へば一たび巾を霑ほす　　眉を低れて竟に説かず

とある。この一編を宋本以下の別集諸版本と比較すると、二箇所の異同がある。

一問一霑襟、低眉終不説。（別集）

巾　竟（『奥入』）

巾　竟（『文苑英華』）

以上のごとく、この二箇所の異同はいずれも『文苑英華』と『奥入』はピタリと一致する。このことにより、『奥入』引用文が、旧鈔本本文に由来すると推定されるわけである。この詩篇の旧鈔本は現存していないので、この『奥入』引用の本文は、まことに貴重な異文といえよう。

さらに、旧鈔本系テキストとしては『白氏文集』のみならず、他の漢籍にも及んでいる。「松風」の「夜光玉」の下に引く『史記』（「田敬仲完世家」）の百八十五字の断片がそれである。「田敬仲完世家」の旧鈔本は管見の限り現存していない。しかし、以下の理由によってこの本文は旧鈔本系の本文であると推定される。

それは引用文「奈何以万乗之國而無寳乎」（訓点省略）の「万」字を、宋版以下の諸版本と比較すると、版本は例外なく「萬」字に作っている。この〈万〉と〈萬〉の異同については、那波利貞氏（旧鈔本『史記孝景紀第十一』解説）、斯波六郎氏（『文選李善注所引尚書攷証』）の両氏に、我が国に残存する『史記』・『文選』の旧鈔本は多く「万」字を用い、この字こそ唐鈔本の原形をとどめる文字であるという説がある。『奥入』引用文もまた、この両氏の説を裏づけることになるといえよう。この他に『目連変文』という俗文学の珍しい資料もあり、まさに吉光片羽の宝庫でもある。

以上のごとく、国書において、本文中はもちろんのこと、欄外や行間に、他の注釈書や関連文書の書き入れが記入されているものがある。そしてその注や書き入れの中には往々、現在失われた古書の逸書逸文が見い出されることもある。逸書逸文でなくても、その本の成立が唐以前である場合、その引用文は唐以前のテキストに基づいているので、現通行本では解決できない難問が即座に解けることもある。

慶應義塾大学に、斯道文庫という付属研究所がある。この研究所は、日本・中国の古文献を専門に研究する日本に於ける唯一の研究所である。その研究所の文庫長であった、故阿部隆一博士は、次のように述べている。

室町時代以前に講読された漢籍の多くが唐代のテキストと学風によるのであるから、室町時代の日本文化の研究に参照さるべき漢籍は、現行の宋以後のテキストの通行本をもってしては正鵠を射がたいことは理の当然である。どうしても兼代の遺風を継承する我が旧鈔系統本を参照し依拠せねばならない筈である。逆に江戸時代以降については、現通行本をもってせねばならぬことはもちろんである。此れは現在殆ど気づかれざる国文学者を始め日本文化研究家の盲点である。（「我が国の漢籍文化財の特色と価値」）

この「長恨歌」の異文の背景にも、阿部博士の指摘する複雑な学問的課題が伏在していたわけである。

博士の御説の如く、『白氏文集』には、写本と版本の二系統のテキストが存在し、そのことを知ることが、いかに大切なことであるかをご理解いただけるかと思う。

## 三　書名とその読み方

現行の古語辞典、漢和辞典によれば、白氏の作品集には書名として『文集』および『白氏文集』の二つの書名が掲載されており、そしておおむね次のように説明されている。

モンジフ［文集］白氏文集《ハクシモンジフ》の略。

以下、論点を明確にする為、先ず〈文集〉と〈白氏文集〉の書名を検討し、その後でその正しい読み方を提示することにする。

古語辞典の解説によれば、『文集』という書名は『白氏文集』という正式書名の省略と解されているようだ。

しかし、太田次男博士はこの解説を否定されている。（「白詩受容を繞る諸問題――文集古鈔本との関連において」）即ち、白居易詩文に対するこの二つの作品名は、テキストの本文の系統に即応している、それぞれ固有の書名なのである。つまり、その本文が旧鈔本系に属するものが『文集』であり、宋版本系に由来するものが『白氏文集』を指しているわけである。

唐代に於いては、詩人の作品集の数そのものが少なかったので、「文集」と言えば、白居易の作品集であることがただちに判明したのである。それに対して、宋時代に至り、版本のテキストが量産されるに及び、唐代詩人のみならず宋代の文人、例えば蘇東坡や王安石といった人物の作品も加わったので、これらの詩人と区別するために「白氏」の二字が書名に追加されたと推測される。この「白氏」の増補について、神田喜一郎博士が述べた結論の部分を引用してみよう。

此巻首題文集巻第三下署大原白居易体例不同今本。知出于香山手定。至後世輾転雕印文集上漫加白氏而非復長慶之旧然。

（此巻、首に文集巻第三と題し、下に大原白居易と署す。体例今本に同じからず。香山の手定に出ずるを知れり。後世に至り輾転雕印し文集の上に漫に白氏を加ふ。而して復た長慶の旧然に非じ。）

昭和二年九月　古典保存会　影印本『文集　三』の神田信暢氏の跋文。

神田氏の跋文は、まことに的確な指摘と言えよう。ちなみに信暢は喜一郎氏の本名であり、喜一郎というのは神田家の長男の雅号である。

今、筆者もこの二種の書名が明確に区別されている日本古典文学の作品を若干取り上げてみることにする。

①『源氏物語』（「須磨」）「さるべき書ども文集など入れたる箱、さては琴ひとつぞもたせ給ふ。」

②『枕草子』（三巻本・二一一段）「書は文集。文選。新賦。史記。五帝本紀。願文。表。博士の中文。」

①②の例は、平安朝期の通行本であった旧鈔本系のテキストによる書名を指していると思われる。

③『徒然草』(十三段)「文は文選のあはれなる巻々。白氏文集、老子のことば、南華の篇。この国の博士どもの書ける者も、いにしへのは、あはれなる事多かり」

④『平治物語』[古活字本]巻二(義朝野間下向の時　付けたり　忠宗心替わりの事)「されば白氏文集　天をも度りつべく、地をもはかりつべし。ただ人のみ防ぐべからず。」

③④の例は、室町期に流布した宋版本系に由来している書名を指していると私には推定される。

以上のごとく、白居易の作品はその本文の系統によって、書写によるテキスト、即ち、旧鈔本系のテキストの白氏の詩文は『文集』と呼ばれ、版本によるテキストは『白氏文集』と呼ばれて区別されている。テキスト上からいうならば、この二つの書名を通して、二種のテキストの違いを指摘できるわけである。このことからも、『文集』は決して『白氏文集』の省略ではないと考えられよう。

## 四　『文集』は〈もんじゅう〉か〈ぶんしゅう〉か

ところで、作品集『白氏文集』は、一般的には〈はくしもんじゅう〉と読み習わされており、その〈文集〉を「もんじゅう」ではなく「ぶんしゅう」と読もうものなら、無学の誹りを免れないようだ。

しかし、私は高校教師をしていた時に、一人の生徒の質問をきっかけにして、事実は逆であることを見いだした。以下は、その時の経緯を要約したものである。

さて、私は漢文の授業に於いて、和訓の意味とともに、漢字音の変遷についても、例年一時間を割くことにしていた。それは、漢字音を断片的に暗記するのではなく、少なくとも「呉音」、「漢音」というものを、歴史的な音韻変化とその日本に於ける受容との関係において理解してもらいたいがためであった。

ある日、古文の授業で『徒然草』の十三段、「ひとり燈下のもとに文をひろげて、見ぬ世の人を友とするぞ、こよなう慰むわざなる。文は『文選』のあはれなる巻々、『白氏文集』、『老子』のことば、南華の編。この国の博士どもの書ける物も、いにしへのは、あはれなる事多かり」の一節を読み、六朝梁の昭明太子編『文選』は〈ぶんせん〉ではなく〈もんぜん〉、中唐の詩人白居易の詩文集『白氏文集』は、〈はくしもんじゅう〉ではなく〈はくしぶんしゅう〉と読まなければならないということを説明した。

ところが、その時、たまたま文化勲章を授与された作家である、司馬遼太郎氏の『空海の風景』（昭和五十年刊）を読んだという生徒が、次のような質問をしたのである。

『空海の風景』には、空海（七七四〜八三五）と橘逸勢（?〜八四二）が、ともに遣唐使の一行として唐に到着し、長安に赴く途中、玄宗皇帝と楊貴妃の避寒地であった驪山を見ながら、二人が会話を交わしている場面がある。とすれば、漢音は遣唐使によってもたらされたのであるから、六朝期に編纂された『文選』の「文」は呉音の「モン」と読めても、『白氏文集』の「文」は、当時の新しい漢音で「ブン」と読まれるべきではないかとのことであった。

この鋭い質問に私は一瞬たじろいだものの、私自身高校時代、更に専攻した大学の中国文学科の学生の時も『白氏文集』の講読があり、その時、担当教授からこの本の書名は〈はくしぶんしゅう〉ではなく〈はくしもんじゅう〉であると幾度となく教えられていたこと、また、大学時代、漢籍の書名は、博士読みといって、普通の読みとは往々異なる読み方があると聞いていたので、この時も、学生の質問は理屈からいえば当然であるが、これは博士読みの一種であろうから〈はくしもんじゅう〉でよいと応えた。念のため教室備え付けの『広辞苑』で確認し、やはり〈はくしもんじゅう〉とあったので、私もほっとし、彼女もその時は納得したのである。

ところが、数ヶ月後の、定例の神田神保町の古書即売会（古書会館）へ偶々私が出かけたところ、『源氏物語』の江戸時代の代表的注釈書である北村季吟（一六二四〜一七〇五）の『湖月抄』の「須磨」巻の木版本が端本として出品されていた。その時生徒の質問をフト思い出して、その一冊を繙いてみたところ、『白氏文集』の書名を『文集』として書かれている語彙になんと〈ふん志ふ〉と振り仮名が付けられていたのだった。

そこで、当時、先ほど若干言及した斯道文庫で旧鈔本『白氏文集』の研究をなされていた太田次男博士にこのことを伺ってみた。すると先生は「白氏受容を繞る諸問題——文集古鈔本との関連に於いて——」の論文を与えて下さった。これによれば、鎌倉から江戸時代に至るまで、『(白氏) 文集』の書名の読み方が、〈(はくし) もんじゅう〉ではなく〈(はくし) ぶんしゅう〉であったことが既に指摘されていた。

そこで私は、博士の調査の結果を踏まえつつ、博士が使用されなかった資料を捜索して事実を再確認することにした。こうすることによって、ようやく、明治二十年代までは少なくとも『白氏文集』が、例外なく〈はくしもんじゅう〉ではなく、〈はくしぶんしゅう〉と読まれていたことを検証したのである。『白氏文集』を〈はくしもんじゅう〉と読むようになったのは、明治三十年以後に成立した同音回避の現象による新しい読み方と私は推察している。

この度の機会に、『文集』に見られる同音回避の現象について、以下、私見を少しく述べてみることにする。

筆者は上述のごとく『文集』は江戸期以前ないし明治二十年代までは〈モンジフ〉ではなく〈ブンシフ〉と読まれていたということを既に論証している。近刊の（第二版）『日本国語大辞典（巻十一）』（小学館、二〇〇二・一）の「ぶん‐しゅう〔文集〕」の補注に以下のごとき解説が記されている。


「現代では、普通ブンシュウとよみ、「白氏文集」に限り、モンジュウとよび習わされているが、古くモンジュウ（モンジフ）とよんだ確例は見い出しがたい」と

この補注は、〈モンジフ〉の読みが、明治期、恐らくは三十年代以降に成立した新しい読み方であるという私見を補強するものである。それでは、従来〈ぶんしゅう〉と読まれていたものが、何故〈もんじゅう〉と読まれるようになったのかという疑問への答えが、次の拙稿である。「再論―『文集』は〈もんじゅう〉か〈ぶんしゅう〉か」（『岡村貞夫博士古希記念中国学論集』〔一九九九・十二〕である）。

この論文において、私は鈴木孝夫氏の提唱されている〝同音衝突〟の現象を応用して（『閉ざされた言語・日本語の世界』〔新潮選書、一九七五〕）、〈ぶんしゅう〉から〈もんじゅう〉への語

音変化のプロセスの解明を試みた。故松浦友久博士から送られた直筆のお葉書によると、大方のご賛同の趣旨とともに、〝同音衝突〟というよりも〝同音回避〟の用語が、より適切ではなかろうかとのご意見であった。私も『文集』の読み方の語音変化を説明するに、より的確であると納得した。そこで、この二つの学術用語を導入することによって執筆したのが、「三たび『文集』は〈もんじゅう〉か〈ぶんしゅう〉か」の論文である。（『松浦友久博士追悼記念中国古典文学論集』（研文出版、二〇〇六・三））

この論文では、社会的要因をも加えて、改めて〈もんじゅう〉の読み方が発生した諸要因を考察してみた。その折、偶目したのが『ボクラ　少国民』シリーズで知られる山中恒氏の『昔ガヨカッタハズガナイ』であった。就中、「明治三十年代、今世紀に入って、男女ともに九割以上の就学率を示すようになった」との一文がそれであった。

明治三十年代に於ける〈遠足文集〉・〈卒業文集〉等の教育文集の族生の基盤ではないかとの着想が浮かんだ。即ち、〝教育文集〟と〝白氏文集〟との間に、同音衝突の意識が発生し、それの解決悪として国文学者の側から、教育〈文集《ぶんしゅう》〉に対して白氏〈文集《もんじゅう》〉という同音回避の現象が、極く自然に提唱されたのではなかろうか。この同音回避の現象に、松浦博士が鋭く指摘されている如く、明治期全般に顕在化した、漢音（文＝ブン）・呉音（文＝モン）の交代現象が加わり、白氏〈文集《もんじゅう》〉という一見伝統的に感じられる読み方が成立し、従来からの、白氏

〈文集《ぶんしゅう》〉は、急速に消滅したようである。はたして、以上のごとき考察が当を得ているならば、最初に、白氏〈文集〉に〈もんじゅう〉の読み方を与えた人物を、我々は特定できないであろうか。その人物を探し求めるとき、少なくとも〝教育文集〟と〝白氏文集〟とを明確に区別できる書名を必要とした、明治期の国学者の諸氏に絞られざるを得ない。その人物として、『枕草紙詳解』の著者、松平静氏を私は推測してみたい。

松平静著『枕草紙詳解』和装本三冊
上編（桜の巻）明治三十二年二月
中編（葵の巻）明治三十二年八月
下編（楓の巻）明治三十三年二月
発行所　東京　誠之堂

文は
文集《もんじう》。文選《もんぜん》。博士の申文《もうしぶみ》。（下　一〇四頁）

とあるのがそれである。

『枕草紙詳解』の底本となったテキストは、北村季吟（一六二四-一七〇五）の『春曙抄』である。その段の〈文選〉には〈もんぜん〉の振り仮名が与えられているものの、〈文集〉は無訓となっている。故田中重太郎博士の労作（校本）『枕草子』（古典文庫、一九五三-五六）下冊五六三頁に、一目瞭然であるが如く、『枕草子』のどの諸本にも、この有名な一段の〈文集〉には仮名が与えられていない。松平静氏は、〈文集〉の下の〈文選《もんぜん》〉の振り仮名に誘引されるとともに、既に縷々と述べてきた如く〝教育文集〟との回避の為に、無意識に〈もんじう〉の読みを下したのではなかろうかと私は推測している。

## 結論

菅原道真や紫式部が読んでいたテキストは、現行の宋版本に由来するテキストでなく、白居易の原本に近い唐鈔本に由来するところの、遣唐使将来のもので、それが我が国で何度か忠実に転写された書写本、すなわち旧鈔本と云われる資料であった。

そして、その書名は『文集』であり、読み方は〈もんじゅう〉ではなく〈ぶんしゅう〉であったと推定されるのである。

【参考文献】
『金沢文庫旧蔵　白氏文集』（大東急記念文庫蔵、勉誠社影印本、一九八三・十―一九八四・六四冊）
国立歴史民俗博物館所蔵史料編集会編『漢詩文　貴重典籍叢書文学篇第二一巻』（臨川書店、二〇〇一・七）
平岡武夫・今井清共編『白氏文集』三冊（京都大学人文科学研究所、一九七二―一九七三）
太田次男博士『旧鈔本を中心とする白氏文集本文の研究』三冊（勉誠社、一九九七）
阿部隆一博士『阿部隆一遺稿集』三冊（汲古書院、一九八五―九三）
拙稿「『文集』を〈モンジウ〉と読んだ最初の人」（明治書院『新釈漢文大系』No.一九四季報、二〇〇六・八）
同「『源氏物語』と『唐詩解』」（『アジア遊学』116　勉誠出版、二〇〇八・十一）

【資料一】旧鈔本と版本との異同（上段は旧鈔本の本文（金沢文庫本）、下段は旧鈔本と版本との校異、中段はその書き下し文。）

長　恨　歌

漢皇重色思傾国　　漢皇色を重んじて傾国を思ふ

御寓多年求不得
楊家有女初長成
養在深窓人未識
天生麗質難自棄
一朝選在君王側
廻眸一笑百媚生
六宮粉黛無顔色
春寒賜浴華清池
温泉水滑洗凝脂
侍児扶起嬌無力
始是新承恩沢時
雲鬢花顔金歩揺
芙蓉帳暖度春宵
春宵苦短日高起
従此君王不早朝
承歓侍寝無閑暇

御寓多年求むれども得ず
楊家に女有り初めて長成《ひととな》れり
養はれて深窓に在れば人未だ識らず
天の生《な》せる麗質なれば自ら棄て難し
一朝に選ばれて君王の側に在り
眸を廻らして一たび笑《え》めば百《もも》の媚《こび》生る
六宮の粉黛顔色無し
春寒くして浴を賜ふ華清の池
温泉水《ゆ》滑らかにして凝脂を洗ふ
侍児扶け起せども嬌びて力無し
始めて是れ新に恩沢を承けし時なり
雲の鬢花の顔金の歩揺
芙蓉の帳暖かにして春の宵を度《わた》る
春の宵苦《いと》短くして日高けて起く
此より君王早朝《あさまつりごと》せず
歓を承け寝に侍して閑かなる暇《いとま》無し

[深窓—深閨]

[侍寝—侍宴]

春従春遊夜専夜
漢宮佳麗三千人
三千寵愛在一身
金屋粧成嬌侍夜
玉楼宴罷酔和春
姉妹兄弟皆列土
可憐光彩生門戸
遂令天下父母心
不重生男重生女
驪宮高処入青雲
仙楽風飄処処聞
緩歌慢舞凝糸竹
尽日君王看不足
漁陽鞞鼓動地来
驚破霓裳羽衣曲
九重城闕煙塵生

春は春の遊びに従ひ夜は夜を専らにす
漢宮の佳麗三千人　〔漢宮—後宮〕
三千の寵愛一身に在り
金屋に粧ひ成りて嬌びて夜に侍り
玉楼に宴罷んで酔ひて春に和す
姉妹兄弟皆列土せり
憐れむべし光彩の門戸に生《な》ることを
遂に天下の父母の心をして
男を生むことを重んぜず女を生むことを重んぜしむ
驪宮の高き処青雲に入り
仙楽風に飄つて処処に聞こゆ
緩く歌ひ慢く舞ひて糸竹を凝らす
尽日に君王看れども足《あ》かず
漁陽の鞞鼓地を動《ゆる》がして来る
驚破《そそや》霓裳羽衣の曲
九重の城闕煙塵生る

千乗万騎西南行
翠花揺揺行復止
西出都門百余里
六軍不発無奈何
宛転蛾眉馬前死
花鈿委地無人収
翠翹金雀玉搔頭
君王掩眼救不得
廻看涙血相和流
黄埃散漫風蕭索
雲桟縈廻登剣閣
峨嵋山下少行人
旌旗無光日色薄
蜀江水碧蜀山青
聖主朝朝暮暮情
行宮見月傷心色

千乗万騎西南に行く
翠花揺揺として行きて復た止まる
西のかた都門を出づること百余里
六軍《りくぐん》発せず奈何《いかん》ともする無し
宛転たる蛾眉馬前に死す
花鈿地に委せて人の収むる無し
翠翹金雀玉の搔頭《さしぐし》あり
君王眼を掩ひて救うこと得ず
廻らして看れば血と涙と相和して流る
黄埃散漫として風蕭索
雲の桟《かけはし》 縈廻して剣閣に登る
峨嵋山の下に行人少なし
旌旗光無くして日の色薄し
蜀江水 碧《みどり》にして蜀の山青し
聖主朝朝暮暮の情
行宮《こうきゅう》に月を見れば心を傷ましむる色

［万騎―萬騎］
［掩眼―掩面］
［涙血―血涙］
［縈廻―縈紆］
［行人―人行］

夜雨聞猿腸絶声
天旋日転廻龍馭
到此躊躇不能去
馬嵬坡下泥土中
不見玉顔空死処
君臣相顧尽霑衣
東望都門信馬帰
帰来池苑皆依旧
太液芙蓉未央柳
対此如何不涙垂
芙蓉如面柳如眉
春風桃李花開日
秋雨梧桐葉落時
西宮南内多秋草
落葉満階紅不掃
梨園弟子白髪新

夜の雨に猿を聞けば腸《はらわた》絶つの声あり
天旋り日転つて龍馭を廻らす
此に到りて躊躇して去ること能はず
馬嵬の坡の下泥土の中に
玉顔見えずして空しく死したる処あり
君臣相顧みて尽くに衣を霑す
東のかた都門を望みて馬に信《まか》せて帰る
帰り来れば池苑皆旧に依れり
太液の芙蓉未央の柳
此に対して如何んぞ涙垂れざらむ
芙蓉は面の如く柳は眉の如し
春の風に桃李の花の開く日
秋の雨に梧桐の葉の落つる時
西宮の南内に秋草多し
落葉階に満ちて紅掃はず
梨園の弟子白髪新なり

［聞猿—聞鈴］
［芙蓉如面柳如眉］
［対此如何不涙垂］
［花開日—花開夜］
［南内—南苑］
［落葉—宮葉］

椒房阿監青蛾老　椒房の阿監青蛾老いたり
夕殿螢飛思悄然　夕殿に螢飛んで思ひ悄然たり
秋燈挑尽未能眠　秋の燈挑げ尽して未だ眠ること能はず　［秋燈―孤燈　能眠―成眠］
遅遅鐘漏初長夜　遅遅たる鐘漏初めて長き夜　［鐘漏―鐘鼓］
耿耿星河欲曙天　耿耿たる星河曙けなむとする天
鴛鴦瓦冷霜花重　鴛鴦の瓦冷やかにして霜花重し
旧枕故衾誰与共　旧き枕故き衾誰と共にかせむ　［旧枕故衾―翡翠衾寒］
悠悠生死別経年　悠悠たる生死別れて年を経たり
魂魄不曾来入夢　魂魄曾て来りて夢にだも入らず
臨邛方士鴻都客　臨邛の方士鴻都の客　［方士―道士］
能以精誠致魂魄　能く精誠を以つて魂魄を致す
為感君王展転思　君王の展転の思ひに感ずるが為に
遂教方士殷勤覔　遂に方士をして殷勤に覔《もと》めしむ
排空馭気奔如電　空を排《ひら》き気を馭して奔ること電《いなづま》の如し
昇天入地求之遍　天に昇り地に入りて求むること遍し
上窮碧落下黄泉　上は碧落を窮め下は黄泉にいたる

両処茫茫皆不見
忽聞海上有仙山
山在虚無縹眇間
楼殿玲瓏五雲起
其上綽約多仙子
中有一人名玉妃
雪膚花貌参差是
金闕西廂叩玉扃
転教小玉報双成
聞道漢家天子使
九華帳裏夢中驚
攬衣推枕起徘徊
珠箔銀屏邐迤開
雲鬢半偏新睡覚
花冠不整下堂来
風吹仙袂飄颻挙

両処茫茫として皆見えず
忽ちに聞く海上に仙山有りと
山は虚無縹眇の間に在り
楼殿玲瓏として五雲起れり　〔楼殿―楼閣〕
其の上に綽約として仙子多し　〔其上―其中〕
中に一人有り名は玉妃　〔名玉妃―字玉真〕
雪の膚花の貌参差《しんし》として是なり
金闕の西廂に玉の扃《とぼそ》を叩く
転《うた》た小玉をして双成に報ぜしむ
聞道《いふなら》く漢家天子の使なりと
九華帳の裏《うち》夢の中に驚く
衣を攬《と》り枕を推して起ちて徘徊す
珠箔銀屏邐迤《りい》として開く
雲鬢半ば偏《かたぶ》きて新たに睡より覚めたり　〔雲鬢半偏―雲鬢半垂〕
花の冠 整《つくろ》はずして堂より下《お》り来る
風仙袂を吹きて飄颻として挙がる

猶似霓裳羽衣舞　猶ほ霓裳羽衣の舞に似る

玉容寂寞涙闌干　玉の容《かほ》寂寞として涙闌干たり

梨花一枝春帯雨　梨花一枝春雨を帯ぶ

含情凝睇謝君王　情を含み睇を凝らし君王に謝せしむ

一別音容両眇茫　一たび別れて音容両ながら眇茫たり

昭陽殿裏恩愛歇　昭陽殿裏恩愛歇きぬ　［恩愛歇―恩愛絶］

蓬莱宮中日月長　蓬莱宮中日月長し

廻頭下視人寰処　頭を廻らして人寰の処を下し視れば　［視人寰―望人寰］

不見長安見塵霧　長安を見ずして塵霧を見るのみ

空持旧物表深情　空しく旧物を持りて深情を表はす　［空持―唯持］

鈿合金釵寄将去　鈿合金釵寄せ将《も》ちて去りぬ

釵留一鈷合一扇　釵は一鈷を留め合は一扇　［一鈷―一股］

釵擘黄金合分鈿　釵は黄金を擘《つんざ》き合は鈿を分てり

但教心似金鈿堅　但だ心をしては金鈿の堅きに似せしめば　［教心―令心］

天上人間会相見　天上人間《じんかん》に会《かなら》ず相見む

臨別殷勤重寄詞　別れに臨んで殷勤に重ねて詞を寄す

詞中有誓両心知
七月七日長生殿
夜半無人私語時
在天願作比翼鳥
在地願為連理枝
天長地久有時尽
此恨綿綿無絶期

詞の中に誓有り両心のみ知れり
七月七日長生殿に
夜半に人無くして私語せし時
天に在らば願はくは比翼の鳥と作らむ
地に在らば願はくは連理の枝と為らむ
天長く地久しきも時有りて尽くれども
此の恨み綿綿として絶ゆる期無けむ

［絶期―尽期］

霑衣東望都門信馬歸歸來池苑皆依舊叶上聲太液芙蓉未央柳芙蓉如面柳如眉對此如何不淚垂春風桃李花開日秋雨梧桐葉落時西宮南內多秋草落葉滿階紅不掃梨園弟子白髮新椒房阿監青娥老夕殿螢飛思悄然秋燈挑盡未成眠遲遲鐘漏初長夜耿耿星河欲曙天鴛鴦瓦冷霜華重舊枕故衾本集作翡翠衾寒誰與共悠悠生死別經年魂魄不曾來入夢

易有父子然後有君臣○古詩淚下霑衣裳○三輔黄圖太液池在長安故城西太液者言其津潤所及廣也漢書建章宮北治大池名日太液池○漢書高帝紀蕭何治未央宮○西京雜記卓文君姣好

【資料三】古本系『古文真宝』（阪本龍門文庫覆製叢刊四、一九六二「長恨歌并琵琶行」）

梨園弟子白髪新椒房阿監青娥老

夕殿螢飛思悄然秋燈挑盡未成眠

遅々鐘漏初長夜耿々星河欲曙天

鴛鴦瓦冷霜華重舊枕故衾誰与共

悠々生死別経年魂魄不曾来入夢

臨邛道士鴻都客能以精神致魂魄

為感君王展轉思遂教方士殷勤覓

**執筆者紹介**（掲載順）

藤原　克己（ふじわら かつみ）

1953年生まれ。東京大学大学院教授。

著書：『菅原道真と平安朝漢文学』（東京大学出版会、2001年）、『菅原道真詩人の運命』（ウェッジ、2003年）、『日本の古典―古代編』（放送大学教育振興会、2005年、共著）など。

新間　一美（しんま かずよし）

1949年生まれ。京都女子大学文学部教授。

著書：『源氏物語と白居易の文学』（和泉書院・2003年）、『平安朝文学と漢詩文』（和泉書院・2003年）、「源氏物語花宴巻と「鶯鶯伝」―朧月の系譜―」（『白居易研究年報』第九号・2008年10月）など。

西野入　篤男（にしのいり あつお）

1980年生まれ。明治大学大学院博士後期課程在学。

論文：「野分巻の冬の町―初音巻との比較から浮かび上がる六条院―」（『源氏物語〈読み〉の交響』新典社、2008年）、「平安朝文学作品における采女司・采女」（『王朝文学と官職・位階』竹林舎、2008年）、「六条院の秩序形成―割り振られた季節と春秋争い―」（『明治大学大学院文学研究論集』2006年２月）など。

李　宇玲（り うれい）

1972年生まれ。中国同済大学副教授。

論文：「風流と踏歌―天平宮廷文化の創出背景をめぐって―」（『和漢比較文学』2001年８月）、「平安朝における唐代省試詩の受容―九世紀後半を中心に―」（『国語と国文学』2004年８月）、「夕霧の学問―字の儀式から放島試へ―」（『国語と国文学』2006年12月）など。

神鷹　徳治（かみたか とくはる）

1947年生まれ。明治大学文学部教授。

著書：『歌行詩諺解 影印と解題』（勉誠社、1988年）、「三たび『文集』は〈もんじゅう〉か〈ぶんしゅう〉か」（『松浦友久博士追悼記念　中国古典文学論集』研文出版、2006年）など。

**編者紹介**

日向　一雅（ひなた かずまさ）
1942年生まれ。明治大学文学部教授。
著書：『源氏物語の準拠と話型』（至文堂、1999年）、『源氏物語の世界』（岩波新書、2004年）、『源氏物語　重層する歴史の諸相』（竹林舎、2006年、編著）、『王朝文学と官職・位階』（竹林舎、2008年、編著）など。

源氏物語と漢詩の世界
『白氏文集』を中心に

二〇〇九年二月二八日　初版第一刷発行

編　者　日向　一雅
装　丁　佐藤三千彦
発行者　大貫　祥子
発行所　株式会社青簡舎
〒一〇一-〇〇五一
東京都千代田区神田神保町一-二七
電　話　〇三-五二一三-四八八一
振　替　〇〇一七〇-九-四六五四五二
印刷・製本　株式会社太平印刷社


ISBN978-4-903996-012-7　C1093